Jeremy Lorca

Chercher le garçon

ROMAN

cherche midi

Couverture : Mickaël Cunha

23, rue du Cherche-Midi
75006 Paris

À toutes les figures des nuits parisiennes,
aux célibataires,
à mes amis,
à mes ex,
à mes futurs,
à toi qui arriveras un jour peut-être...

1

Mes vingt-cinq ans

C'est la merde ! Je dois me rendre à ma soirée d'anniversaire, j'ai une heure vingt de retard et je ne suis toujours pas habillé. Tout le monde m'attend.

La fête a lieu chez Manuel, un ex plein aux as de quarante ans qui a insisté pour m'offrir la soirée. D'habitude, je refuse ses cadeaux mais, là, une discussion avec ma grand-mère a fait pencher la balance :

« Mon chéri, je me suis mariée cinq fois et la seule chose que j'aie apprise sur les hommes, c'est qu'il faut toujours accepter ce qu'ils t'offrent parce que le jour où t'es triste, au lieu de pleurer dans du Zara, tu pleures dans du Chanel, au moins tu peux te consoler en te disant que tu n'as pas tout perdu. »

En bon petit-fils, j'ai donc invité deux cents personnes à venir s'encanailler dans son énorme maison, Île Saint-Louis.

Je sens qu'une question vous brûle les lèvres : pourquoi je ne suis plus avec Manuel alors qu'il a l'air d'être un bon parti et de tenir à moi ? Waouh, j'ai détesté vous dire « vous », c'est complètement débile parce que si vous êtes gay et parisien on a certainement couché ensemble, dans ces conditions je pense qu'on peut se tutoyer.

Donc, j'allais t'expliquer que je suis sorti avec Manuel il y a deux ans et que je l'ai quitté au bout de trois semaines car il ne parlait que de lui et de son fric ; toi non plus, tu ne l'aurais pas supporté. En le larguant, j'ai donc dit bye-bye à tout un empire immobilier et fait le bonheur d'Alessandro, une pute équatorienne sans le sou qu'il a ramassé à Barbès pour m'oublier. Ce petit con de vingt et un ans s'est accroché à lui comme à sa première Barbie, du coup ils sont pacsés. Je regarde l'heure et il faut vraiment que je me prépare, Manu organise une soirée blanche, je m'habille donc tout en noir et saute dans un taxi. Direction : mon quart de siècle.

Au premier feu rouge, je me souviens qu'enfant j'étais persuadé que vingt-cinq ans, c'était l'âge où on devenait adulte, où on franchissait un cap. Je me suis imaginé cent fois ce moment : je me voyais à coup sûr avec une femme, un fils, une décapotable, et aujourd'hui, si je fais le bilan, je suis pédé, célibataire et j'ai pas le permis. Alors, à moins d'un rebondissement digne d'un scénario de science-fiction, je crois que je peux m'asseoir sur mes rêves de gosse...

Bon, en même temps, homo, j'ai pas choisi, mais, sachant que ma technique la plus efficace pour perdre du

Chercher
le garçon

poids est de coller sur mon frigo la photo d'un sexe féminin en gros plan, ça ne risque pas de s'arranger. Le permis, à Paris, c'est pas très utile, et le célibat, par contre, c'est une autre histoire… Histoire que je n'ai pas le temps de développer puisque le taxi me dépose enfin à l'adresse de Manuel.

La fête est sensationnelle. Environ cinq cents personnes, dont les plus beaux mecs de la capitale, un DJ très connu qui mixe et des barmans en string qu'on dirait sortis tout droit d'un porno. Je croise des potes, je fais la bise, des célébrités en tout genre me fusillent du regard car j'ai eu l'audace de m'habiller en noir et pas elles, il y a du monde et il fait chaud. Évidemment, j'ai droit à une tonne de : « Ellias, t'es enfin là, ça fait une heure, bon anniv ! », que je désamorce par : « Stop, j'ai encore vingt-quatre ans. » Dans l'air flotte *Bois d'argent* de Dior et j'ai la sensation étrange que je ne pourrai jamais plus porter des Converse sans que ce soit ridicule… J'essaie de penser à autre chose, mais je t'avoue que l'idée de devoir dire adieu à mes années d'insouciance et bonjour aux mocassins Vuitton est assez anxiogène… Heureusement, une voix me susurre au creux de l'oreille : « Je suis tellement heureux que tu sois là, la fête peut enfin commencer », cette voix, c'est celle de Manu qui me sourit et me prend dans ses bras ; aussitôt rapplique cette salope d'Alessandro :

– On avé di qué c'été una white party, y toi tou é en noir, tou é le seul.

– J'enterre ma jeunesse… Et puis mon slip est blanc, t'as qu'à demander à ton mec… Fais pas cette tête, je rigole ! Et sache que le jour de son anniversaire on fait ce qu'on veut. D'ailleurs, tiens, je te laisse mon vestiaire.

– T'es enfin là, il faut absolument que je te parle… J'adore ta chemise, c'est qui ?

Lui, c'est Émilien, un de mes meilleurs amis, on s'est connus au lycée, depuis on se quitte plus.

– Givenchy.

– Tu l'as achetée quand ?

– On s'en fout, raconte.

– Bon anniversaire !!

C'est une ex-candidate de télé-réalité, qui se jette sur moi alors que je ne la connais pas. Elle me fait peur, je recule.

– Il a encore vingt-quatre ans, dit Émilien en lui barrant violemment le passage.

– T'es vraiment un frère.

– En t'attendant, je me suis fait sucer par un serveur.

– Bravo, t'as rentabilisé ta tenue.

– Il a avalé.

– Il te connaît même pas, il est fou.

– Mais non, il a vingt ans et il est étudiant en médecine, il sait ce qu'il fait.

Je trouve l'argument peu convaincant mais, pour ne pas partir dans des grands débats, je me contente de :

– Tu vas le revoir ?

– Ben non, il a avalé.

Émilien pense comme moi qu'ingurgiter le fruit du bonheur au premier rapport est vraiment vulgaire et rédhibitoire, et, crois-moi, pourtant on n'est pas vieille France. Le problème est que si on continue à être aussi féroces avec les mecs, on ne trouvera jamais de mari car aujourd'hui la concurrence est de plus en plus rude sur le marché du célibat gay. Avant, quand t'avais vingt-cinq ans, t'étais frais, maintenant, passé vingt et un, t'es vieux. Ayant vu dans les yeux d'Émilien qu'il était en train de réaliser la même chose que moi, je propose qu'on aille boire un verre. Et, alors qu'on se dirige vers le bar pour se rafraîchir et mater le cul du futur médecin, on entend une voix familière qui crie : « Je suis célibataire, putain ! » C'est Karim, mon deuxième meilleur ami, il est mannequin et, habillé en blanc, je le trouve sublime.

– Quoi, mais t'es plus avec David ?

David est un mannequin blond aux yeux bleus, très sexy, qui sort (sortait) avec Karim depuis trois mois et demi maintenant. Je suis sous le choc car ensemble ils étaient tellement parfaits qu'on les appelait « les Kennedy ».

– Mais, quand je t'ai téléphoné tout à l'heure, t'étais avec lui et vous partiez.

– Je me suis fait larguer sur le chemin. On a pris le taxi à Gambetta et, vers République, c'était fini.

– Trois bouteilles de champagne et trois coupes, s'il vous plaît.

On retraverse la foule pour essayer de trouver une chambre où il n'y a pas de partouze, de partie de poker et où personne ne prend de la coke, c'est peine perdue, on se réfugie dans la salle d'UV.

– Alors, qu'est-ce qu'il s'est passé ?

– Toujours les mêmes conneries : « Je suis pas prêt pour une relation, j'ai encore envie de m'amuser et puis j'ai peur que tu me fasses souffrir », blablabla.

– Pourquoi ils pensent toujours qu'on va les faire souffrir ? On n'est pas des monstres.

– Tu vas voir si je suis pas un monstre, je vais payer quelqu'un pour faire un strike avec ses dents, il pourra plus bosser pendant six mois, au moins il aura du temps pour s'amuser, ce connard. En tout cas, ce soir, je me tape tout le monde.

– Ah, ça fait plaisir de te retrouver.

– À nous trois, tchin !

Ce moment de franche camaraderie est interrompu par l'arrivée de la fille de Manu, qui m'annonce que tout le monde me cherche, car il est bientôt minuit. AU SECOURS, je vais avoir vingt-cinq ans. Vite, une autre coupe puis encore une autre.

Le gâteau est gigantesque et cinq cents personnes me chantent « Joyeux anniversaire », ce que je trouve d'une beaufitude absolue, mais je ne peux pas les arrêter car ils sont plus nombreux ; je fais donc mine d'être ému, quand, d'un seul coup, un mec magnifique sort de la pièce montée, et c'est Xavier. Il porte un jean et une chemise bleue à carreaux et il n'a jamais été aussi « waouh ». Tout le monde applaudit, je vois qu'il essaie de me dire quelque chose.

– Je suis de la part de Karim et Émilien, joyeux anniversaire !

– Ton mec va pas te tuer, s'il te voit ?

– Il est pas venu.

– Intéressant.

– Intéressé ?

Je ne couche jamais avec des garçons qui sont pris car je ne fais pas aux autres ce que je n'aimerais pas qu'on me fasse, mais là ça fait trois ans qu'on se tourne autour, c'est mon anniversaire, et il est sorti du gâteau alors va falloir être fort ! Il commence à déboutonner sa chemise en me souriant. Il est encore mieux gaulé que ce que j'avais imaginé. Les invités sont hystériques. D'un geste précis, il enlève sa ceinture en me faisant un clin d'œil. On dirait qu'il a fait ça toute sa vie... Bizarrement, ce strip-tease, que j'aurais pu trouver encore plus beauf que le « Joyeux anniversaire », m'emballe au plus haut point. Heureusement qu'au moment où il commence à baisser son pantalon je reprends mes esprits :

– C'est pas vraiment mon cadeau si tout le monde en profite.

– Alors disons que je te devrai quelque chose de plus spécial.

– Ne me dis pas ça au moment où je dois faire un vœu.

Je souffle les bougies et le DJ reprend ses platines. Je décide de profiter pleinement de la soirée mais de rester assez distant avec mon apprenti chippendale car il trompe son mec avec tout Paris et l'idée d'être un numéro de plus m'enthousiasme moyennement.

De toute façon, à cette heure précise, la seule chose qui m'importe, c'est que tous mes potes soient présents, j'ai perdu Émi et Karim mais c'est pas grave, je danse, je bois, je m'amuse, bref, je profite de la fête qui bat son plein. En y repensant, à condition d'être bien entouré et avec quelques verres, c'est pas si terrible de franchir le cap des vingt-cinq, je crois même m'en être plutôt bien sorti. Au moment où je me fais cette réflexion, je sens vibrer mon téléphone. C'est un texto qui vient de NPANPR. Accélération du rythme cardiaque. Ventre qui se noue en un quart de seconde. Sensation de vertige. Je m'assois sur une marche et bois mon verre cul sec. NPANPR signifie « Ne Pas Appeler, Ne Pas Répondre » et c'est une sale histoire, je n'ai pas la force de t'en parler. La seule chose que je sais, c'est qu'il est hors de question que je lise ce SMS ou qu'il me gâche la soirée. Je vais donc faire comme si je n'avais jamais entendu mon téléphone vibrer et surtout ne pas en parler aux garçons, qui vont certainement insister pour qu'on tienne un conseil de guerre. Je me relève quand même un peu sonné et, en me dirigeant vers le bar, j'aperçois Karim qui a l'air de draguer un pote de Manu, je m'approche pour écouter.

– Tu travailles au sauna ? C'est rigolo.

– Je travaille pas au sauna, je travaille au Sénat.

– T'es sûr ? Parce que j'ai entendu « sauna ».

– Quand même, je sais où je travaille.

– Ben, t'énerve pas, y a pas de honte à bosser dans un sauna.

– Mais je travaille au SÉ-NAT, je te dis.

– Ah, bah, c'est malin, maintenant je te crois plus... Ah, Ellias, t'es là, ta soirée est géniale, j'ai embrassé une fille ! On va prendre l'air ?

Une fois dans le jardin, on retrouve Émilien, qui nous présente un éditeur plutôt mignon qu'il a rencontré il y a moins de cinq minutes et avec qui il est en grande conversation. Ils travaillent tous les deux pour des maisons concurrentes et, à ce que je comprends, Émilien défend le fait qu'on est davantage susceptible de se faire draguer à une terrasse de café en lisant du Kundera que du Marc Levy et, pour lui, ça devrait être un vrai argument de vente. Je décide de ne pas m'en mêler car je n'ose jamais déranger les gens qui lisent, et Karim m'explique qu'il ne s'en mêle pas car il ne boit jamais de café. Je n'ai pas saisi son raisonnement, mais, lorsque j'entends Émilien demander à l'éditeur s'il préfère être entreprenant ou entrepris, je quitte la table et retourne à la fête.

Bois d'argent s'est évaporé. Au loin j'aperçois Manuel en train de discuter, je l'observe, il rit comme un mec qui a réussi sa vie, il est beau, j'espère que je serai comme lui à quarante ans. PENSER À ACHETER DE LA CRÈME. Je le rejoins pour le remercier de ce très joli cadeau qu'il m'a fait et en profite pour lui offrir les siens : une paire de gants en cuir Lanvin et *Oud & Bergamot* de Jo Malone. Il a l'air super content, il me dit que ça le touche, qu'il est confus. Il a les yeux qui brillent, je mets ça sur le compte du champagne. Puis, je ne sais pas pourquoi, mais pendant quelques secondes je me souviens de la suite Sophia du Murano qu'il avait louée juste pour qu'on y nage vingt minutes, de la nuit où j'avais réussi à ouvrir sa porte avec une radio de mon poignet parce qu'il avait laissé les clés à l'intérieur et surtout de la fois où j'avais refusé de monter dans sa Maserati jaune parce que je trouvais ça trop vulgaire et qu'on avait marché ensemble sous la pluie jusqu'au premier ciné... J'ai l'impression qu'il sait à quoi je pense, ça me met un peu mal à l'aise, il me regarde, il n'y a jamais eu d'ambiguïté entre nous, mais là c'est bizarre, il y a comme un moment de flottement, on ne sait pas quoi se dire alors je lui re-souhaite bon anniversaire et retourne m'amuser.

Pendant deux minutes j'ai pensé à ce qu'on aurait pu être s'il n'était pas si égocentrique parfois, puis pendant trois heures j'ai dansé, trinqué avec plein de gens différents, rencontré une tonne de potes de potes, du coup j'ai, au total, roulé huit pelles, mis la main aux fesses de trois mecs et eu deux érections. Aux alentours de quatre heures moins le quart, sur un remix du *Bateau blanc* par Cosmo Vitelli, Xavier, mon strip-teaseur en herbe, s'est avancé vers moi :

– Ils peuvent plus faire de mojitos, y a plus de rhum.
– J'ai une bouteille à la maison.
– Cool, on y va ?

Je ne sais pas si c'est l'alcool ou le contexte, mais je suis sur un petit nuage, j'oublie qu'il a un mec et que je vais venir m'ajouter à sa longue liste, je me souviens juste qu'il a la réputation d'être très doué au lit et ça, c'est top, comme je suis superstitieux, commencer l'année avec un super coup ne pourra que me porter bonheur. On arrive donc chez moi et visiblement on n'a plus envie d'être polis :

– En fait, j'ai menti, j'ai rien à boire.

– En fait, j'ai menti, j'avais pas soif.

On s'embrasse fougueusement jusqu'au canapé et, contre toute attente, il jouit au bout de deux minutes de tripotage et me demande, un peu gêné car je me rhabille :

– Mais toi, tu veux pas... ?

– Non, t'en fais pas pour moi, je commence à peine à bander.

– Bon, ben, je vais pas tarder, mon copain va s'inquiéter si je rentre pas, mais c'était cool.

– Ouais.

Je reste inerte, stupéfait par le « C'était cool ». Trois ans d'attente pour ça, tu parles d'une légende urbaine... Le pire, dans l'histoire, c'est que j'ai planté mes potes et une fête géniale pour ce mec, mais quel con je suis ! PENSER À NE PLUS FAIRE PASSER SES COUPS D'UN SOIR AVANT SES AMIS. Moralité, je me retrouve tout seul un peu bourré, un peu excité et en même temps un peu fatigué. L'espace d'un instant, j'envisage de regarder un porno, mais le soir de mon anniversaire, je trouve ça trop glauque et, bien que ça me démange, je m'interdis de lire le texto de NPANPR car ça serait encore plus glauque. Je tourne donc dans mon lit puis, comme d'hab', je finis par allumer Grindr.

Ah, Grindr… Cette application magique pour smartphone qui te permet de géolocaliser les gays autour de toi et de te taper un mec en moins de dix minutes chrono n'importe où dans le monde à condition d'avoir un réseau Wi-Fi ou une bonne connexion 3G. (OK, trente minutes quand t'es dans un coin vraiment perdu.) En tout cas, une vraie révolution quand on pense que Manu et ses amis draguaient sur Minitel et qu'ils ne pouvaient même pas s'envoyer de photos.

Grindr, c'est magique, ça te permet de faire connaissance avec des voisins que tu ne pensais pas si dévoués, de te sentir comme un agent secret qui suspecte tout le monde quand t'es dans un lieu public et qu'il y a noté « 3 mètres », et je ne te parle même pas des mecs bourrés à qui ça permet de se rappeler que quelqu'un est chez eux, voire en eux quand il y a indiqué « 0 mètre ». En créant cette application, Joel Simkhai a fait un petit pas pour l'homme, un pas de géant pour les gays !

Je passe « online »… Alors, voyons voir qui il y a ce soir… Lui, je le connais… Lui, on a déjà fait un truc… Lui aussi, décidément… Ah, c'est un ex… Lui, on a fait un plan cam… Je suis allé chez lui… Il est venu chez moi… Lui, c'est un mauvais coup, BLOCK THIS GUY… Je me le tape régulièrement… Lui, j'avais adoré… Avec lui, on avait fait ça dans sa cage d'escalier… Lui, c'était incroyable… Tiens, David, l'ex de Karim, il a pas perdu de temps… LOAD MORE GUYS.

C'est en chargeant plus de profils que je réalise que j'ai couché avec la quasi-totalité des mecs qui sont connectés… De deux choses l'une, soit je déménage pour renouveler le stock, soit il est temps de me faire oublier dans le quartier. Hier, au Daily Monop', sur cinq rayons j'ai croisé trois plans cul. C'est too much.

Je repense à mes rêves de gosse, et « marié », c'est peut-être le seul truc qui est encore jouable… Bon, allez, c'est décidé, je change mon annonce.

« Edit Profile ».
« About Me ».
I'm looking for Prince Charmant…
« Done ».

2

Clubbing

On est samedi après-midi, je me réveille, ma boîte vocale est pleine et je sais que quelque chose a changé : j'ai basculé dans l'âge adulte. Impossible de faire marche arrière. Parmi les messages, il y en a un d'Émilien qui me raconte qu'il a fini dans une patinoire et me demande à quelle heure il doit venir et ce qu'il doit apporter, je ne comprends pas, je réécoute et, là, je me souviens que ce soir j'ai invité les garçons à dîner. Franchement, rien que d'imaginer l'énergie que je vais dépenser pour faire les courses et mettre tout en place, j'ai déjà envie de me rendormir mais je me l'interdis formellement puisqu'il y a un Post-it sur mon frigo qui me rappelle que j'ai rendez-vous dans quarante-cinq minutes chez Hair Wave avec Teddy, et je ne raterais ça pour rien au monde.

Quand je suis déprimé et/ou que j'ai besoin de me sentir beau, c'est la personne idéale parce qu'en plus d'être doué, il est drôle et toujours de bonne humeur ;

enfin, visiblement pas ce « matin », car j'ai à peine le temps de m'asseoir et de lui expliquer mon envie de me caser cette année qu'il prend ses ciseaux et me lâche, furax :

– Moi, je peux te dire que si par miracle je devais rencontrer l'homme de ma vie, je lui fous ma main dans la gueule et je lui dis : « Ça, c'est pour tout ce que tu m'as fait attendre. »

– Tu veux pas plutôt te foutre à poil et lui dire : « Ça, c'est pour tout ce que t'as attendu » ?

– Si on m'avait dit qu'à vingt-huit ans je serais célibataire et que la phrase que je répéterais le plus dans la journée serait : « La température, ça va ? », je me serais fait amputer des mains.

– Arrête tes conneries, t'es le meilleur coiffeur de Paris et tu vas bientôt rencontrer le prince charmant, j'en suis sûr.

– Tu parles, faudrait qu'il quitte cette salope de Cendrillon.

– T'en fais pas, il reste avec elle juste pour lui piquer ses chaussures et se traveloter.

– Je t'adore.

– C'est moi qui t'adore, t'es en train de faire des miracles, t'as pas encore fini et je fais à peine vingt-deux ans ! Moi je te le dis, toi et moi, on sera maqués cette année.

– Oh, Gianni Versace, si tu m'entends là-haut, fais quelque chose.

Je ne sais pas si Gianni fera quelque chose pour nous mais moi, en tout cas, j'adore ma nouvelle coupe. C'est donc requinqué et triomphant que je traverse le Marais à la recherche du dîner de ce soir et croise devant le Point Virgule un comédien très mignon qui distribue des tracts pour son spectacle ; pendant un court instant j'envisage de le draguer mais me souviens qu'on avait discuté sur Keumdial à l'époque et qu'il voulait que je lui vide mon panier à linge sale sur la tête. Je souris en pensant que les rues sont peuplées de personnes étranges à la recherche de choses étranges puis je me demande le nombre de mecs qui ouvriraient la bouche si les bites tombaient du ciel. De là me vient l'idée de créer un jeu vidéo avec des bonhommes qui sauteraient pour avaler des queues et gagner des fringues, je pense au carton que ça pourrait faire et aux millions que ça pourrait me rapporter, mais j'abandonne l'idée comme elle est venue car j'ai d'autres chats à fouetter. Quarante minutes plus tard, les bras chargés de petits-fours et de bouteilles de champagne, je saute dans un taxi.

– Canal Saint-Martin, s'il vous plaît.

– Ça vous dérange pas si je mets la radio ?

– Non, bien sûr, allez-y.

Hier encore ou l'histoire d'un mec qui se rend compte à quel point il a usé sa jeunesse futilement, résonne dans la voiture.

– On peut changer, s'il vous plaît ? Aznavour, ça devrait être interdit dans les taxis, vous trouvez pas ?

– Vous savez, mon p'tit, vous devez boire l'alcool et pas laisser l'alcool vous boire, répond-il en fixant les bouteilles.

– Euh... d'accord, merci du conseil, je tâcherai de m'en souvenir, on peut changer de station, s'il vous plaît ?

La magie des taxis parisiens : soit ils passent des chansons qui donneraient envie de se suicider à un gamin de cinq ans, soit ils prennent des détours que même un touriste japonais trouverait louches ! Je suis donc de sale humeur en arrivant chez moi mais ça ne dure pas longtemps car ma gardienne m'annonce qu'un coursier est passé avec beaucoup de paquets et je comprends que ce sont mes cadeaux de la veille que je n'ai même pas ouverts puisque je suis parti comme un voleur. Alors, voyons voir… je constate que ma réputation de ne jamais être content de ce qu'on m'offre m'a précédé, je n'ai quasiment que des fringues Givenchy et Ami, c'est cooool.

Deux cadeaux retiennent mon attention : un magnifique portefeuille Maison Margiela qui vient de… Karim et Émilien (on n'est jamais trahi par les siens), et l'autre vient des Mots à la bouche, j'ouvre, c'est un livre de Schopenhauer : *L'Art d'avoir toujours raison*. Qui m'a offert ça et comment je dois le prendre ? Je lis la quatrième de couverture : « 38 ficelles, tours et autres passes pour garder raison à tout prix, en ayant objectivement tort, ou comment terrasser son adversaire en étant de plus mauvaise foi que lui. » Je feuillette les pages à la recherche d'un mot : que dalle. J'ai parlé trop vite, sur la dernière, il y a noté : « Je ne doute absolument pas de tes arguments pour convaincre quelqu'un mais disons que si un jour ta gueule d'ange et ton sourire ravageur ne suffisent plus, ce bouquin pourra peut-être te servir. 01 XX XX XX XX. Ne mets pas trop de temps avant de m'appeler. PS : joyeux anniversaire. »

– Je sais pas quoi en penser, je me demande si c'est méchant ou juste maladroit ?

– C'est archi prétentieux, surtout.

– T'as raison, je le rappelle pas.

– Attends, c'est qui, ce mec, il lit des livres et il a pas de portable, t'es sûr qu'il était à ta fête ?

– Apparemment, oui.

– On dirait une écriture de vieux.

– Tu crois ?

– En tout cas, ce qui est sûr, c'est que s'il était beau et qu'il était à ta fête, l'un de nous trois se le serait tapé.

– On se l'est forcément tapé, j'ai lu une étude qui explique qu'on a tous un lien via l'intermédiaire de sept personnes et, quand t'appliques ça au sexe, ça veut dire que dans le Marais on a tous couché ensemble.

Karim entonne *We are family* et ça nous fait rire.

– Cette semaine, j'ai vu un médium qui m'a prédit une belle histoire et des voyages aux États-Unis et en Afrique du Nord.

– Ellias, il sait que tu refuses de mettre les pieds dans un avion ?

– J'irai peut-être en bateau ?

– À tous les mecs qui nous font ramer !

– Tchin !

– Tchiiin !

On passe ensuite aux discussions sérieuses : on évoque Instagram, qui serait en train de devenir le nouveau Grindr, on se demande si Mika est actif ou passif, on appelle tout Paris pour avoir l'info, hélas sans grand succès, chacun de nous trois y va donc de sa théorie puis on finit par s'accorder sur un point : Marc Jacobs est définitivement sexy, même en kilt. Après le dîner, on décide d'aller aux Follivores et quand on arrive c'est *À pile ou face*, je me rue donc sur la piste pour danser.

Ici, c'est la seule soirée parisienne où tu peux sauter partout, retomber en enfance et te trémousser jusqu'à huit heures du mat', au son des années 1980 sans aucun complexe car personne te juge, tout le monde est dans le même mood. Cerise sur le gâteau : les mecs finissent toujours à moitié à poil. En effet, chaque établissement a sa technique pour attirer la clientèle ou réchauffer l'ambiance, ici au Bataclan on coupe les ventilos. Technique plutôt efficace : sachant qu'on est environ deux mille les uns sur les autres, on meurt de chaud, donc on boit puis on reboit. Plus on boit plus on est ivre, résultat, vers deux heures la moitié des gars sont torse nu et ultra-hot, ce qui évite de perdre du temps : tu veux un mec, tu le regardes, il est bien foutu, tu l'embrasses.

T'as fait une bonne soirée quand t'en as emballé cinq ou six et que t'es reparti avec un mec super sexy, mais attention, il ne faut pas laisser passer sa chance car les garçons de deux heures du mat' sont en général les plus mignons et c'est pourtant ceux qu'on laisse filer en pensant qu'on pourra rentrer avec mieux plus tard. Décision qu'on regrette toujours amèrement quand, après avoir fait quinze fois le tour de la boîte, on finit par repartir sur le coup de six heures avec ce que j'appelle

« une dernière démarque » (si ça devait t'arriver, un petit conseil, commande un TGV que tu boiras cul sec, ça aide à bander et à accepter la défaite).

Je décide donc de m'amuser, tout en restant à l'affût, et croise évidemment plein de potes à qui je justifie de ne pas les avoir invités à ma fête par un « Désolé, c'était pas chez moi », argument qui semble marcher assez bien. Je prie pour ne pas avoir à croiser Xavier et son mec, Karim prie pour ne pas croiser David et Émilien, lui, n'a jamais été croyant.

Un peu plus tard, en plein milieu d'*Allô monsieur l'ordinateur*, Karim prend la décision inattendue d'enfin tenter sa chance avec Paolo, le plus beau mec que l'Italie n'ait jamais fourni. Ça fait un an que Karim veut tenter le coup, le problème c'est qu'à part être beau, Paolo est une bitch hautaine et méprisable, et ça, malheureusement, ça gâche tout. Pas pour Karim qui se montre téméraire et fonce vers la Sicile puis brusquement fait demi-tour.

– Je sais pas si j'ai vraiment envie au fond, on m'a jamais dit non, et là je sens que ça pourrait arriver.

Quand on voit Karim, qui fait juste partie des dix mannequins qui marchent le plus en ce moment, on se demande comment il peut hésiter à draguer un mec. Je l'encourage comme je peux :

– Écoute, demande-toi si, après avoir mangé deux Activia aux pruneaux, il aurait toujours l'air aussi hautain.

– En plein soleil et en maillot de bain moulant.

– Vous avez raison, j'y vais.

Karim entame la conversation, ça a l'air de bien se passer, pourtant d'un coup il tourne les talons et passe à côté de moi sans même nous regarder. On attend deux minutes (les plus longues de la soirée : qui écoute encore Karen Cheryl ?) et on le rejoint.

– Qu'est-ce qu'il s'est passé ?

– J'ai envie de mourir.

– Raconte.

– Il m'a dit : « Chéri, je suis pas lesbienne, j'aime pas me frotter. »

– Non !!!!!

– Ça veut dire que j'ai une tête de passive lascive, c'est horriiiiible.

– Mais n'importe quoi, tu vas pas écouter ce connard, t'es hyper viril.

– Je me suis fait jeter deux fois en deux jours, je vais picoler jusqu'à ce que l'alcool ait raison de moi.

– On t'accompagne.

Pendant une heure, on a bu, on a dansé, on a oublié qu'on était célibataires et on a ri sur les chansons qu'on écoutait à la petite école, à l'époque où un rail voulait dire un rail et une pipe, une pipe. À l'âge où tout le monde se tient encore par la main dans la rue pour aller à la cantine sans préjugés de couleur, de religion, de physique ou de sexe ; je sais qu'on ne vit pas au pays des Bisounours, mais ça devrait toujours continuer… et là, sur la piste, je me rends compte que je viens de trouver la solution à toutes les guerres… C'est énorme ! Autant te dire que je me sens très intelligent. Je fais part aux garçons de ma découverte, qui pourrait changer le monde, mais ils ne semblent pas saisir la profondeur de mon analyse car Karim entonne une nouvelle fois *We are family* et Émilien me rétorque avec un accent titi parisien : « Moi, tu sais, je suis comme Arletty : mon cœur est français mais mon cul est international. » C'est pas grave, je sais que je tiens la solution ; dans un élan de confiance en moi, je décide de monter sur la scène pour prendre le micro et annoncer la nouvelle aux deux mille personnes en criant : « À bas la guerre, tenons-nous la main : la solution, c'était le vintage », mais les garçons m'en empêchent, car c'est *Banana Split* et je me rends compte que ma révolution est moins importante qu'un tube de Lio. Heureusement, au début du deuxième couplet, je croise du regard un mec avec un charme incroyable, à qui je finis par exposer ma théorie et qui la trouve pertinente.

Il s'appelle Jules et porte *Voyage* d'Hermès. Je veux l'épouser. Pendant qu'il dit bonjour à quelqu'un, j'imagine nos week-ends au coin du feu, même si je n'ai pas de cheminée, nos escapades à Venise, les pâtisseries du café Florian et l'hôtel Danieli, la Sardaigne, nos balades en bateau (car il doit avoir le permis bateau, c'est certain), nos premiers Polaroid, Chopin *Nocturne numéro 2*, la chemise que je porterais pour aller dîner au Louis Philippe... Puis, quand il revient, on reprend la discussion et alors que je ne lui ai rien demandé, il m'annonce qu'il est embaumeur, j'oublie Venise et Chopin, retire la main qu'il vient de poser sur ma taille et sors prendre l'air. Au milieu des fumeurs, je croise un type déguisé en Amy Winehouse qui cherche sa deuxième chaussure et je me demande s'il y a une liste de métiers rédhibitoires pour nos amants. Est-ce que je pourrais avoir une aventure avec un acteur X, un boucher ou un chanteur ringard, aussi canon soit-il ? Pire, est-ce que je serais prêt à oublier tous mes principes pour une bonne partie de jambes en l'air ? Par exemple, s'il était gay, est-ce que je pourrais sortir avec le sublimissime Julien Rochedy, sachant qu'il est le directeur de la jeunesse FN ? Et toi, est-ce que tu pourrais coucher avec un marchand de kebab si t'étais végétarien ?

– Moi, je leur demande jamais ce qu'ils font dans la vie avant de baiser.

– Émilien, tu leur demandes même pas leur prénom avant de baiser.

– Au moins, je baise tout le temps.

Je suis rentré une heure plus tard avec un mec vaguement mignon à qui je n'ai posé aucune question et qui a eu la politesse de partir juste après. Quand j'ai ouvert les yeux vers seize heures, j'ai appelé les garçons, Émi venait de se réveiller dans le lit d'un couple mais ne savait pas dans quel arrondissement ils habitaient et Karim en était à son troisième Doliprane et voulait se convertir au bouddhisme ; j'étais donc bel et bien seul et j'allais sauter à pieds joints dans le traditionnel « spleen du dimanche soir ».

T'es sorti tout le week-end, t'as la gueule de bois, il n'y a pas un bruit dehors, t'as la force de rien si ce n'est de traîner en pyjama et déprimer parce qu'après toute cette fête, tous ces gens qui t'ont montré de l'intérêt, en fait… tu te sens vraiment seul. Je réécoute la chanson d'Aznavour et ça me met une claque. Il faut que ma vie change, baiser des mecs, boire, sortir, avoir 564 numéros dans mon portable et personne à appeler… Il faut que j'arrête d'être un salaud, il faut que j'arrête de me mentir. Même mon métier repose sur un mensonge. Picasso a dit : « J'ai passé ma vie à apprendre à peindre comme un enfant. » Partant de là, j'ai demandé à mon petit frère de sept ans de peindre des toiles à la gouache sur les thèmes qu'il voulait et par-dessus j'ai eu l'idée de coller des capotes, des seringues, des clopes, etc. Je signe avec mon nom, évidemment, et les critiques d'art adorent ce que « je » fais et sont fascinés par le paradoxe de mes œuvres : l'innocence et la débauche réunies. Tu parles d'une connerie ! Et le pire, c'est que ça se vend hyper bien ; avec ce que j'ai placé, j'ai de quoi voir venir pour plusieurs années. Ma vie est une imposture. J'ai envie de tout foutre en l'air mais j'en suis incapable. C'est comme avec les mecs, j'aimerais vraiment me caser mais je peux pas m'empêcher de coucher à droite à gauche et, au final, je me conduis comme un connard… Je me sens paumé… Évidemment personne n'a répondu à mon annonce Grindr et mon téléphone affiche toujours un SMS non lu… Il faut que je me serve un verre, un dernier pour mon anniversaire, et demain ça ira mieux. Enfin j'espère… Putain de dimanche soir.

3

Rencontre Internet

J'adore le mois de novembre parce que c'est le mois des ventes presse. Quand t'es une personnalité de l'art ou que tu bosses dans la mode, deux fois par an, t'es invité par les maisons de couture à leur braderie où les articles sont vendus 20 % du prix boutique. Ayant une addiction assumée pour les fringues, je me rue volontiers dans tous les showrooms de la capitale pour satisfaire mon appétit. Et j'avoue (ça, c'est mon côté pervers) que j'adore voir les scènes de vie improbables auxquelles on peut assister, car évidemment ces soldes rassemblent toutes les fashionasses excitées de Paris. Les nanas courent en string comme des folles les seins à l'air chez Dior, les hétéros se désapent chez Paul & Joe, les pédés hurlent dès qu'ils trouvent un truc mignon chez Margiela et moi je reste impassible, car j'estime que, si on n'est pas discipliné, on passe à côté des bonnes affaires.

Ce matin, je décide d'arriver parmi les premiers dans un bureau de presse qui brade entre autres Gaspard Yurkievich. Dans la file, je repère très vite un mec canon qui porte une énorme fleur sur sa veste de costard, je lui fais du eye-contact jusqu'à ce que Karim arrive, survolté mais seul.

– T'es pas avec Émilien ?

– Non, j'arrête pas de l'appeler mais il répond pas, il a pas dû se réveiller. Est-ce que tu veux écouter le message le plus pathétique, le plus ridicule et le plus lâche que t'aies jamais entendu ?

– Envoie toujours, c'est qui ?

– Écoute : « Karim, c'est David, ça va pas du tout, il est cinq heures du matin, j'arrive pas à dormir, tu me manques, j'ai été nul avec toi, je suis qu'une merde, j'arriverai jamais à rien dans la vie, je suis chez moi, j'ai un flingue, viens me tuer, je t'attends. »

– Waouh, c'est qui, son dealer ?

– Non mais tu te rends compte : « Viens me tuer » ? Il a même pas les couilles de le faire lui-même, il me téléphone pour m'envoyer en prison, ce con.

– Tu sais, c'est pas si mal, la prison, tu serais nourri, logé, baisé. En plus, j'ai lu qu'ils venaient d'en construire une high-tech pas loin de Paris avec une salle de muscu, un salon de coiffure et des écrans plats dans chaque cellule.

– C'est gratuit ?

– Bah oui, c'est une prison.

– On y va quand ?

– Avant, regarde discrètement derrière toi, il y a un mec avec une veste grise et une énorme fleur blanche, tu crois qu'il est gay ?

– La réponse semble tenir dans la question mais je regarde quand même... Tu te fous de ma gueule, il porte un sac à main Chanel matelassé.

– C'est dommage, je trouvais qu'il avait quelque chose dans les yeux.

– Ouais, du mascara.

– Je peux pas sortir avec un mec qui porte des sacs de nana, quand même...

Cette réflexion est interrompue par la cohue générale provoquée par l'ouverture des portes. Et voilà, au milieu de tous ces hystéros du shopping, j'ai perdu de vue mon bel inconnu. Je passe dix minutes à le chercher du regard et à entasser des fringues machinalement dans mon panier en les regardant à peine jusqu'à ce que je découvre cette veste bleu marine assortie d'une ceinture à 40 euros et, comme un bonheur n'arrive jamais seul, je le recroise. Il me sourit et alors que je me dis que ce mec est envoûtant, je vois le sac à main qu'il a mis en bandoulière flotter au vent, et c'est le détail qui m'empêche de lui courir après pour lui laisser mon numéro. C'est dingue, il y a toujours un petit quelque chose qui foire tout... Il faut peut-être fermer les yeux sur certains trucs et prendre les gens comme ils sont, *I don't know*.

Karim me rejoint avec trois tonnes de fringues et, ensemble, on assiste à une scène d'anthologie entre un travelo et une businesswoman de quarante ans qui se disputent le même T-shirt. Elle lui dit sur un ton infantilisant qu'elle a plus de droit que « lui » sur ce T-shirt car elle est « une vraie femme », le trav' lui rétorque qu'avant de s'acheter ce T-shirt elle ferait pas mal de s'acheter des seins pour le remplir (ce qui est le comble, sachant qu'il le remplit avec des capotes pleines d'eau), la femme reste sans voix, c'est donc le trav' qui gagne. Alors qu'on se dirige vers les caisses, Émilien arrive comme une furie :

– Il reste ma taille ou j'ai tout raté ?

– Ça fait une heure qu'on est là.

– J'avais un plan cul.

– Comment tu peux avoir un plan cul avant onze heures du matin ?

– J'ai couché avec un mec que j'ai rencontré à la boulangerie en venant, il restait qu'un chausson aux pommes, il me l'a laissé, j'ai trouvé ça tellement chic, je l'ai suivi chez lui. On commence à faire des trucs, c'était génial et d'un seul coup son portable sonne et il me dit : « Dépêche-toi de me faire jouir, c'est mon mec, il est au sport, ça veut dire qu'il va rentrer dans vingt minutes », je le traite de connard, il me dit : « Oh oui, insulte-moi si ça peut t'aider. »

– Elle est où, cette boulangerie ?!

– Résultat des courses, je me suis cassé direct et j'ai pas joui, j'ai les nerfs.

– Mon pauvre, allez, viens, on va regarder s'il reste des trucs.

Émilien a fini par trouver des vêtements à sa taille mais, toujours frustré, nous a traînés dans une pizzeria au coin de la rue où il avait repéré un serveur mignon qu'il a fini par se taper deux jours plus tard. De mon côté, j'ai enchaîné les soldes toute la semaine, Balenciaga, Lanvin, Dior, Givenchy, etc., et je n'ai pas revu mon bel inconnu. En revanche, j'ai refait une santé à mon dressing, ce qui tombe plutôt bien car aujourd'hui j'ai un rancard Internet. Mon annonce Grindr n'ayant pas marché, je me suis rabattu sur un site de rencontres à l'ancienne : CitéGay. Je sais, le nom fait flipper, mais c'est le premier site que j'ai réussi à utiliser quand j'étais plus jeune et j'en suis resté nostalgique. Quand on arrive sur la page principale, ça fait un peu peur, t'as l'impression que c'est un concours de muscles et de photos de vacances, mais quand tu fouilles un peu tu peux tomber sur des bonnes affaires, c'est la théorie du bac à soldes.

Mon *date* est vendeur chez Prada, il ne fume pas, est musclé sec (c'est noté sur sa fiche) et se déplace. On a discuté quatre jours avant de décider de se rencontrer, ce qui prouve qu'il cherche vraiment une histoire. Je lui ai donné rendez-vous sur le canal, en bas de chez moi, je suis en retard comme d'hab' mais prends le temps d'appeler Émilien en descendant l'escalier :

– Bon, alors, il s'appelle Mohamed, il a vingt-six ans et je vais certainement l'emmener manger chez Sésame, je te dis ça au cas où il m'arrive quelque chose, c'est peut-être un tueur ou un violeur en série.

– Arrête de fantasmer ! Tu lui as posé les questions de base ?

– Oui. Médium +.

– Non, pas ça, idiot !

– Je dois te laisser, je crois que c'est lui.

– Rappelle-moi, je suis allé à un apéro partouze, faut que je te raconte.

Il est beaucoup plus beau que sur les photos, il porte un gros pull col roulé blanc et une veste de costume qui lui vont vraiment bien, et surtout il a une besace d'homme. Comme il est *muslim*, je l'emmène dans un restau végétarien et je suis agréablement surpris par la rencontre : il est drôle, il a de la conversation et du charme. Internet remonte dans mon estime. J'insiste pour aller prendre le dessert à l'hôtel du Nord et, alors qu'on est en pleine dégustation, il s'approche et me vole un bisou. Je suis sur un petit nuage, tout est parfait, quand soudain, il me dit d'un ton grave :

– En fait, il faut que je t'avoue un truc... Mais j'ai peur de ta réaction.

– T'as le sida ?

– Non, je vis à Montmorency.

– La villa Montmorency ?

– Non, la ville.

– Ça existe ?

– Oui, c'est dans le Val-d'Oise. Je suis désolé, d'habitude, je mens jamais, mais tu me plaisais tellement, et sur ta fiche c'était noté « Parisien intégriste ».

Voilà au moins l'avantage de Grindr : on ne peut pas mentir sur la localisation. Je me sens pris au piège, je ne suis jamais sorti avec un mec qui vit extra-muros… En même temps, il a l'air vraiment intéressant, ce traître.

– C'est loin ?

– Non, c'est à côté d'Enghien, mais, tu sais, je travaille cinq jours sur sept à Paris, je viendrai te voir après le boulot, tu verras pas la différence avec un vrai Parisien, je te promets.

– Si tu le dis, pourquoi pas ?

Et nous y revoilà, les fameuses concessions, encore et toujours.

– Tu sors avec un provincial ?

– Émilien, il vit pas en province, il vit en banlieue.

– C'est pareil.

– Je sais, arrête.

– Moi j'ai eu un vrai coup de foudre.

– À ton apéro partouze ?!

– Oui, comme quoi y a pas de règles. C'est la première fois que je faisais un truc pareil, j'ai eu le plan sur Hornet. Alors, ça se passe à dix-neuf heures trente tous les jeudis dans un immense appart' rue de Berri, faut venir avec du monbazillac, du raisin et des capotes. Les mecs sortent du boulot, la moitié arrivent en costard et, pendant que tout le monde essaie de faire des bébés, il y a un gars en smoking qui joue du violon.

– Je te crois pas ?!

– Je te promets, ça m'a angoissé, je me serais cru dans le *Titanic*.

– Et ?

– Bah, écoute, on était une quarantaine, il y avait que des beaux mecs et j'ai regardé que lui. On a tactac que tous les deux, au milieu de tout le monde, c'était presque romantique. Après on a passé la nuit ensemble et, là, on se revoit ce soir, je suis tellement content, c'est vraiment une rencontre spéciale. Si on me demande, je dirai qu'on s'est connus à un mariage et puis voilà.

Ça me fait bizarre, c'est bien la première fois que j'entends Émi aussi enthousiaste à propos d'un garçon, tant mieux, remarque, ça lui ferait peut-être du bien de se poser un peu. J'avais à peine raccroché que Karim m'appelait, catastrophé :

– Émilien a un mec.

– Il a pas un mec, il l'a vu une fois.

– Il a un mec, fais confiance à mon intuition, et toi je suis sûr que tu vas sortir avec ton rancard Internet, je vais me retrouver tout seul une fois de plus parce que contrairement à vous, si je mets mes photos sur un site de rencontres gay, l'agence me flingue, mais je te jure que si je reste célib' je passerai pas l'hiver.

– Arrête tes conneries, tu sors tout juste d'une histoire.

– Je sens les choses, Ellias, et je te dis que ma période de veuvage va durer très longtemps. Je veux pas jouer au capitaine de soirée, tu comprends ?

– Le capitaine de soirée, c'est celui qui boit pas dans les soirées, il y a pas de risque.

– Oui, mais moi je sens que je vais être celui qui ramasse pas dans les soirées, et, crois-moi, il y a un risque.

– Mais non, tu dois bien avoir un plan B, un mec qui t'a dragué au mauvais moment et que tu peux rappeler ? On a tous un plan B, au pire t'as un plan C.

– Tu déconnes, j'ai déjà du mal à avoir un plan Q.

– Bon, si ça peut te rassurer, je suis loin d'être marié, il vit à Montmorency, t'imagines, je sais même pas comment on appelle les habitants de Montmorency.

– Des paysans, Ellias.

Voyons le bon côté des choses, au moins, ce qui est pratique en sortant avec Mohamed, c'est que je pourrai répondre à LA question qu'a dû se poser chaque couple citadin au bord de la rupture en regardant la télé : « L'amour, le vrai, est-il vraiment dans le pré ?! » Sous-entendu : mes gants Burberry vont-ils résister à la traite des vaches ?!

4

Le sauna

Voilà, j'ai un mec, enfin un semblant de mec, c'est le début. On a dit qu'on se voyait ce soir. Je me suis apprêté mais pas trop. Il m'attend en bas de chez moi dans sa voiture. Il est toujours aussi mignon.

– Dis donc, tu m'as menti, j'ai vérifié Montmorency, c'est super loin, il faut prendre un train jusqu'à Enghien et après le seul moyen, c'est de louer un jet.

– T'exagères ! Mais, en même temps, tu viendras pas souvent parce que mes parents sont pas au courant, pour moi.

– Ah, parce que tu vis encore chez tes parents ? T'en as encore beaucoup, des secrets comme ça ?

– Je pensais te l'avoir dit.

– Eh non !... Je te propose d'aller dans un ciné au bord de l'eau, il date des années 1930, tu verras, c'est hyper beau, dans la salle, y a des tables avec des bougies.

– Ben comme j'ai la carte UGC, je pensais t'emmener aux Halles.

Je crois que s'il y avait un top 10 des répliques les moins romantiques pour une première sortie, elle serait au moins dans le top 5. Bon, calmons-nous, ce mec est mignon et il a une bouille de gentil.

– D'accord, je te laisse choisir le ciné, tu me laisses choisir le film ?

– Vendu.

On s'embrasse et j'essaie de ne plus y penser, mais c'est étrange, j'ai comme un mauvais pressentiment. Pressentiment qui se confirme quand on arrive aux Halles et qu'il tourne pendant des plombes pour se garer ; au bout de quarante minutes, je perds patience :

– Je comprends pas pourquoi on descend pas au parking ?

– C'est idiot de payer pour se garer, alors qu'on peut trouver une place.

– Il y a pas de place, on est aux Halles un samedi soir.

– Mais si, y a bien une voiture qui va partir.

– Je le paie, si tu veux.

– Non, certainement pas.

Du coup, vexé, il s'est engouffré dans le souterrain, trop tard bien entendu puisqu'on a raté la séance.

– On peut voir autre chose, parce que Christophe Honoré, c'est toujours une ambiance particulière, enfin c'est pas américain, quoi, et puis celui-là, je crois qu'il est un peu long.

– Non, non, ça me va très bien, tu veux le voir, on le verra. On n'a qu'à aller manger un bout en attendant.

Évidemment, comme on n'a que trente minutes devant nous, on se retrouve dans un café pour touristes en face du Forum, le truc où personne ne met jamais les pieds. Le serveur arrive pour la commande :

– Bon alors, entre la salade, le hot-dog et le croque-monsieur, le choix est cornélien... je vais prendre le hot-dog.

– Excusez-moi, vous pouvez revenir dans deux minutes ?... Ellias, je te préviens, si tu prends ça, je pourrai pas t'embrasser après.

– Pourquoi ?

– Parce que c'est du porc.

– Tu plaisantes ?

– Non, pourquoi ?

– Tu sais, je compte pas te rouler une pelle alors que je suis en train de manger.

– Tu le prends mal ?

– Non, mais ça m'étonne, je suis déjà sorti avec des musulmans, mon meilleur ami est musulman et on m'a jamais raconté un truc pareil. Enfin, je respecte tes choix religieux mais je trouve ça un peu étrange, mais *why not*, je respecte.

– C'est pas ça, c'est que je suis vraiment pratiquant à fond, quoi.

– Pas de problème... Mais attends, il y a un truc qui m'échappe, tu me dis que t'es super pratiquant, mais là t'es en train de boire un verre de vin et tu couches avec des mecs.

– Justement, tu sais, le sexe, chez moi, c'est pas une priorité.

– C'est-à-dire ?

– Ben, tu sais, c'est assez rare, enfin j'essaie quand même de respecter ma religion, tu vois.

OK, ma soirée est foutue, c'est le rancard le plus merdique de toute ma vie. Évidemment, cerise sur le gâteau, il a ronflé pendant tout le film ; au bout d'une heure, il me foutait tellement la honte dans le ciné que je me suis barré sans le réveiller.

N'ayant pas pu goûter aux plaisirs de l'Orient, j'ai sauté dans un taxi pour faire un tour dans mon sauna marocain préféré. Émilien a rencontré un mec dans une orgie, alors pourquoi je pourrais pas rencontrer quelqu'un dans un sauna, après tout ?

La première fois de ma vie que je suis entré au Riad, c'était un peu par hasard, j'avais une bronchite et mon médecin m'avait conseillé de faire un hammam à l'eucalyptus. Une fois à l'intérieur, j'ai trouvé des garçons moins enrhumés mais emplis de fièvre et des cabines propices aux rencontres fortuites, alors, disons que depuis... j'ai beaucoup soigné ma gorge ! Le sauna présente de nombreux avantages quand t'as la flemme de draguer dans la rue ou sur le Net : finis les *chats* interminables, les rendez-vous éternellement remis au lendemain et les déceptions liées à l'utilisation excessive de Photoshop, ici tu juges la marchandise en live et tu consommes sur place ou à emporter, comme au fast-food. Pour en avoir testé plusieurs, le Riad est de loin le sauna le plus soft et le plus romantique grâce à son décor « Mille et Une Nuits » et son ambiance bon enfant. Petit plus, si t'aimes les mecs bruns et plutôt virils, bienvenue au paradis !

Je pousse l'énorme porte en fer forgé et, contre 7 euros, on me tend ma serviette et mon bracelet-capote en me disant : « Je te souhaite de t'aérer le cœur et l'esprit », ce que je fais illico en allant nager nu dans la piscine et en m'arrangeant pour ne pas boire la tasse (règle élémentaire, inutile de t'expliquer pourquoi). Je me dirige ensuite vers le hammam aux murs rouille suintants, à travers la vapeur je distingue quelques corps qui ruissellent, je plonge mes mains dans la fontaine pour me rafraîchir le visage, j'entends un fond de musique raï et ça y est, j'ai l'impression d'être ailleurs, à mille lieues de Paris et de ma vie, il n'y a qu'ici que j'arrive à trouver ça. Deux minutes plus tard, le mec assis à ma droite pose sa main sur ma cuisse, je la retire poliment, il n'insiste pas. Je vais dans l'arrière-salle, là où toute l'action se passe généralement et constate que ce soir, c'est plutôt calme, je distingue seulement deux mecs très sexy, la vingtaine, plutôt sportifs, qui se caressent et un vieux, un vrai vieux qui les regarde. Je sors prendre une douche et, par-dessus les cris de jouissance multiples qui se dégagent des cabines, j'entends Luz Casal qui chante *Piensa en mi*. Dans cette ambiance almodovarienne, je dois avoir le regard un peu flou parce qu'un papy s'approche et me caresse le visage :

– Faut pas être triste, mon cœur.

Je me réfugie dans le sauna. Je m'assois, on est cinq. À côté de moi, il y a un mec de mon âge plutôt mignon, voire carrément mignon, on se regarde. Les trois autres sont vraiment pas terribles pour le coup, ils ont des moustaches, on dirait des routiers, des gars qui ont maximum trente-six ou trente-sept ans et qui ont très mal vieilli. Pas la clientèle de d'habitude. Un premier commence à caresser le jeune qui se laisse faire et ferme les yeux, très vite les deux autres lui retirent sa serviette et lui sautent dessus. Je ne bande pas, je vois qu'il est malheureux. Spontanément, je lui tiens la main. Il s'y agrippe et la serre de plus en plus fort. Une fois qu'ils ont fini, il ouvre les yeux, se relève, m'embrasse sur le front, me dit « merci », puis s'en va. Les autres me regardent d'un air dubitatif et moi je sors en souriant car j'ai l'impression d'avoir fait ma B. A. de la soirée. Sous la douche, j'entends, toujours par Luz Casal, *Que reste t-il de nos amours ?*, je crois à une caméra cachée dans un premier temps mais me dis qu'après tout la direction a aussi le droit d'être mélancolique. Je décide donc de partir par crainte de devoir entendre *Je suis malade* tout en étant fier de moi de ne pas avoir commis d'impairs. Une fois au vestiaire, lorsque je mets mon blouson, je vois entrer trois mecs canonissimes ; j'hésite à me redéshabiller, mais y renonce finalement parce qu'à ce rythme-là, je suis capable de rester jusqu'à la fermeture.

Je prends un vélo à la borne juste en face, tous les feux sont verts sur Ménilmontant, je dévale la rue en trente secondes, je me sens libre et relaxé jusqu'à ce que je reçoive un texto de Mohamed, envoyé vingt minutes plus tôt : « Je crois que je suis déjà love de toi, j'aime quand on me résiste, j'ai adoré cette soirée, on se revoit quand ? Momo. » Internet a eu tort de remonter dans mon estime. Je ne sais pas si c'est le fait d'être détendu ou à cause de la mini-déception liée à ce rancard, mais je décide de m'arrêter vers Oberkampf et de lire le fameux texto de NPANPR.

« Ellias, ce soir ça y est, tu deviens un adulte ! On en a parlé mille fois et ça y est ! Alors pour cette année je te souhaite plein de bonheur, de soleil, de réveils roses-croissants... avec moi peut-être... Parce que tu me manques, parce que je suis désolé, parce que c'est nous, appelle-moi, s'il te plaît. Je suis rentré à Paris. Joyeux anniversaire. Tim. »

J'en étais sûr... Je le déteste. Un conseil de guerre s'impose, Émilien étant sur répondeur, je donne rendez-vous à Karim au Who's, bar refuge où on va à chaque fois qu'on a quelque chose d'un peu grave à se raconter.

– Timothée est à Paris, il m'a envoyé un message.

– Je sais.

– Quoi ? Comment tu sais ?

– Je l'ai croisé au Mathis avant-hier.

– Et tu pouvais pas me le dire ?!!

– Tu voulais plus entendre parler de lui.

– Et il est comment ? Il a changé ? Vous vous êtes parlé ?

– Non, il m'a pas vu. Il est moins beau qu'avant.

– Comment il a pu faire pour pas te voir ? Le Mathis, c'est minuscule.

– Je partais, je suis allé dire au revoir à quelqu'un et il était de trois quarts.

– Moins beau comment ?

– Différent. Il te disait quoi, dans le message ?

– « Je suis désolé, c'est pas de ma faute, pardonne-moi », le grand jeu quoi. Sachant que le dernier message que j'ai eu de lui, il me souhaitait juste bonne année et il avait pas l'air désolé du tout.

– Qu'est-ce que tu vas faire ?

– Si je le croise, au mieux je le défigure, j'ai une amende, je la paie avec plaisir. Au pire, je le tue et je vais en taule. Ça dépendra de mon humeur.

– Non, mais sérieusement ?

– Je suis très sérieux.

Une fois rentré chez moi, j'ai pas arrêté de penser à « moins beau », comment il peut être moins beau ? À quoi il ressemble maintenant ? Le fait que Karim l'ait croisé, je sais que c'est vrai, il est à Paris... En ce moment, il dort dans la même ville que moi... Je donne 20 balles à un gars de Belleville et il a plus de jambes. Bon, j'imagine que je t'en ai trop dit et que je suis obligé de te raconter. Je me fais violence car je déteste perdre du temps à en parler.

Première et unique fois de ma vie que je ressens quelque chose d'aussi fort pour un mec, j'ai vingt-trois ans, il en a vingt-six, je le rencontre un mois après avoir rompu avec Manuel, à un décrochage d'Anne Gaiss. Je ne devais pas y aller, lui non plus d'ailleurs. Je n'avais aucune envie de me mettre en couple et lui sortait d'une très longue histoire. Il s'appelle Timothée et il est tout ce que j'ai toujours attendu. J'aime tout de lui. Il aime tout de moi. C'est l'osmose parfaite. On ne se quitte plus. On passe toutes nos nuits ensemble. Au lit c'est incroyable et quand on dort on se manque alors qu'on est côte à côte. On part au Portugal en train. Il me dit « Je t'aime ». On rentre en France. Une semaine plus tard, je n'ai plus aucune nouvelle. Au bout de deux jours, je m'inquiète, j'ai peur qu'il lui soit arrivé quelque chose. Comme il est chasseur d'appartements en free-lance, je ne peux appeler ni patron ni collègues, j'entre donc en contact avec les trois amis qu'il m'a présentés, ils n'ont pas non plus de nouvelles. Il n'a pas de Facebook. Les jours passent et c'est le silence radio. J'essaie de trouver dans l'annuaire des gens qui pourraient être de sa famille, ça ne donne rien. Je deviens dingue. Je ne dors plus. J'inonde sa messagerie jusqu'à ce que quatre jours plus tard son numéro ne soit plus attribué. Je me torture en refaisant tout le film de notre histoire et en me demandant si j'ai dit ou fait quelque chose. J'appelle la police, les hôpitaux. Je me plante en bas de chez lui. Personne. Je suis à deux doigts d'engager un détective privé, genre mauvais épisode de sitcom américaine. C'est le cauchemar. Neuf jours plus tard je reçois un texto venant d'un numéro international : « Il est revenu... il m'a demandé de le suivre à l'étranger, j'ai accepté. Timothée. »

Et maintenant, ce connard est à Paris... Il manquait plus que ça.

5

Le grand chelem

Chaque samedi soir, les célibataires envahissent le Marais et entament ce que j'appelle le « parcours du combattant » : ils font au minimum trois bars dans l'espoir de trouver l'amour de leur nuit ou, avec beaucoup de chance, l'amour de leur vie.

Ce soir, on a décidé de commencer par le Banana Café, une institution des nuits gays parisiennes. À partir de l'âge de dix-huit ans, on y est sortis presque tous les week-ends pendant deux ans et puis, c'est comme tout, un beau jour ça nous est passé. Pouvant croiser NPANPR à tout moment, j'ai décidé d'étrenner ma nouvelle chemise Carven achetée l'après-midi et j'ai aussi visionné douze fois la vidéo d'une prise de judo qui te permet, si tu te retrouves par terre au cours d'une bagarre, de te relever et de terrasser ton adversaire.

Quand on arrive sur les lieux du crime, c'est très étrange, à part les patrons et le DJ, on ne connaît plus personne, ni clients ni serveurs. Émilien émet l'idée qu'ils sont peut-être tous casés mais ça ne nous fait pas rire. Même la déco a changé, c'est fou… Notre seul repère reste Ariane, la fille à pédés qui est toujours là, fidèle au poste.

On connaît tous une fille à pédés, une nana qui n'a que des amis homos autour d'elle, qui est célibataire et qui adore faire la fête. C'est plus qu'une meilleure amie, c'est une fille qui va nous supporter et nous accompagner dans tous les bars de la ville quand on est seul et qu'on ne va pas hésiter à planter en deux secondes si un mec mignon nous propose de le suivre ; elle va également écouter toutes nos histoires de cul, même les plus graveleuses, et ce, en général, avant dix heures du matin par téléphone. En contrepartie, on la coiffe, on essaie de lui faire enfiler des robes de cocktail pour aller acheter des cotons-tiges à l'épicerie du coin et elle n'a jamais le droit de sortir sans des talons de dix centimètres. En clair, grâce à nous, elle est au top de sa féminité. Notre fille à pédés à nous, c'est Émilie, la sœur d'Émilien (oui, je sais, c'est très bizarre), mais elle est en Espagne pour les études, c'est donc avec joie qu'on retrouve Ariane. Ah oui, dernière précision, la fille à pédés est soit très belle et très chic, soit grosse et rigolote, Ariane fait partie de la deuxième catégorie, à part qu'elle est vraiment très grosse et pas très rigolote.

– Comment ça va, les tarlouzes ?

– Ariane, ça fait au moins cinq ans qu'on n'est pas venus et t'es encore à la même place, t'as emménagé ici ou quoi ?

– Tu crois pas si bien dire, je sors avec le barman.

– Ariane, t'es toujours aussi marrante.

– Je vous jure, les tarlouzes, ça va faire huit mois.

Sonnés par la nouvelle, on est allés voir le barman de plus près : une bombe.

– Attends, je veux l'adresse de son marabout.

– Y a un proverbe qui dit que l'alcool a été inventé pour que les moches puissent emballer, il doit être alcoolo ?

– Ça se tient, il est barman.

– On est dégueulasses avec la pauvre Ariane, elle a le droit d'être heureuse quand même, c'est pas tous les jours. Ariane, demande à ton mec de nous offrir une coupe.

– Faudra d'abord me passer sur le corps, les tarlouzes.

– OK, laisse tomber.

On avance donc vers le bar et on constate que ce qui n'a pas non plus changé au Banana, c'est la présence de sublimes go-go boys debout sur le comptoir qui dansent avec juste un mini-paréo autour de la taille. Émilien, en nous faisant un clin d'œil complice, nous invite à regarder ce qui se passe au-dessus de nos têtes :

– Je crois que j'ai un ticket, sa queue penche vers moi.

– Encore un intello de gauche.

– Vous croyez qu'il fait des heures sup' ?

– Si tu veux me sucer, c'est 150 euros.

Et c'est dans ce genre de situation que j'admire Émilien car, au lieu d'asséner un « J'ai vraiment une tête à devoir payer, et en plus pour sucer ? », il prend ça à la rigolade et répond :

– Tu prends la carte étudiant ?

– Bah, je fais 140 si t'es un peu juste.

– Alors écoute-moi, si tu veux pas être viré sur-le-champ parce que j'aurais répété à tes deux patrons, que je connais très bien, que tu te prostitues dans leur établissement, c'est toi qui vas me sucer, et gratuitement.

J'aurais tellement voulu filmer la tête du strip-teaseur à ce moment-là et pouvoir te la montrer, un mélange de panique et de colère.

– Fais pas cette tête, je rigole, j'ai un mec.

Voilà comment d'une pierre deux coups on a gagné une bouteille de vodka et appris qu'Émilien n'était officiellement plus célibataire. Munis de notre sésame, on va s'installer en bas, à notre table préférée, près du piano, et au bout de trois verres on appelle déjà les serveurs par leur prénom et on commence à retrouver des visages familiers. On se raconte nos souvenirs de ce lieu et on regarde les petits jeunes de vingt ans en jean-T-shirt, le visage frais, alors que nous on est tous les trois en veste de costume. On a clairement le sentiment d'avoir passé l'arme à gauche...

– Quand on sera vieux et seuls, on va aller où pour draguer ? Il devrait y avoir un endroit juste pour les gays.

– Une maison de retraite homo ?

– Avec un espace cruising.

– Et des infirmiers bodybuildés en short en jean qui t'apportent tes médicaments torse nu.

– Arrête, y aurait plein d'arrêts cardiaques.

– On s'en fout, ça ferait des nouveaux arrivants.

– On pourra tomber amoureux toutes les semaines.

– En parlant d'amour, toi, on te voit plus pendant deux semaines et ça y est, t'es en couple, c'est quoi ce bordel ?

– Eh oui, on a un peu vécu en autarcie, désolé. Mais c'est génial, je suis super heureux.

– Raconte, il fait quoi ?

– Il est architecte d'intérieur, il est beau, gentil, c'est un coup d'enfer et il est différent.

– Toi aussi, t'es différent, c'est pas ton genre de pas donner de nouvelles.

– Tu sais ce que c'est, quand on est amoureux, on est égoïste.

– T'es amoureux ?

– Je crois que ouais, on se comprend tellement. Avant-hier, je lui dis : « Surprends-moi, emmène-moi dans un endroit que je connais pas », et vous savez ce qu'il m'a répondu ? « Va faire un tour dans la cuisine », du coup j'ai fait la vaisselle, c'est chou, non ?

On a fait comme si de rien n'était mais, dès qu'Émilien est allé aux toilettes, on a convenu qu'il était méconnaissable et qu'on était inquiets. Une fois revenu, il avait une surprise un peu particulière pour moi.

– Il y a un garçon qui aimerait t'inviter à danser.

– Et il a pas de langue ?

– Bonsoir, Ellias, comment tu vas ?

– Alain ! Ça va, et toi ?

Alain est monsieur pipi au Banana et il fait des extras à droite à gauche, Manuel l'avait payé pour faire les vestiaires à mon anniv'.

– Je sais pas danser sur ça, Alain, je suis désolé.

– Il va t'apprendre, vas-y.

Finalement je me suis fait du souci pour rien, Émilien n'a pas changé !

Alain, c'est un peu comme notre papa à tous, il a recueilli les confidences de tout le Marais et je sais qu'un soir, un peu bourré, moi aussi j'ai dû m'épancher, j'accepte donc l'invitation. Une minute plus tard, alors que je me dis que s'il continue à me faire tourner dans tous les sens je vais lui vomir dessus, il m'annonce une nouvelle renversante :

– T'as lu le livre que je t'avais offert pour ton anniversaire ?

– Quel livre ?

– Schopenhauer.

– C'était toi ?!

Ah, le choc, il m'a fait dessoûler, ce con, je le regarde abasourdi, il comprend qu'il doit faire quelque chose, alors il me refait tourner, et je ne saurais pas l'expliquer, mais peut-être l'émotion, l'alcool... bref, j'ai glissé. En sept ans de nuit, j'ai jamais glissé, je te promets. Heureusement, je me suis raccroché à lui et au mur, je suis donc resté digne, sauf qu'en faisant ça j'ai dû le pousser sans m'en rendre compte car c'est lui qui est tombé... sur quelqu'un... qui est tombé sur quelqu'un... qui est tombé...

sur la grosse Ariane... qui a enseveli trois personnes... qui sont tombées sur une table (avec deux bouteilles) qui est tombée sur un couple ! Ça a fait un vacarme monstre, le piano s'est arrêté, plus de musique, et tout le monde criait : « J'ai mal, j'ai mal, elle m'écrase, aïe, au secours, elle m'étouffe. » J'étais partagé entre le fait de ne m'être jamais autant senti mal et celui de ne jamais avoir autant ri, surtout quand un mec avec une voix de folle a crié : « Appelez les pompiers, on n'arrivera pas à la soulever. » Je me suis quand même repris et j'ai ordonné aux garçons de partir.

– C'est pas toi qui as fait ça, quand même ?

– Je suis désolé, je crois qu'on pourra plus retourner au Banana.

– C'est pas grave, il nous reste le Tango.

Le Tango est l'endroit où tu vas toujours quand tu veux te marrer avec tes potes car ça ressemble à un « dancing » de village en Ardèche et c'est très bon esprit. Je n'ai jamais su si cette boîte était extrêmement ringarde ou très hype, mais ce qui est sûr c'est que tu y fais toujours des rencontres improbables. Une fois, un mec de soixante ans qui ressemblait à Elvis Presley en fin de vie m'a lancé comme phrase d'approche : « Je suis allé à la pharmacie, j'ai acheté un test de grossexe, c'est positif », mais une autre fois j'y ai rencontré un mannequin australien avec qui j'ai couché pendant toute la fashion-week. Il n'y a pas de demi-mesure : c'est le champagne ou l'eau du robinet.

Alors que je suis en train de danser, j'aperçois Jeff, une figure incontournable des nuits gays à l'époque. Tout le monde voulait se le faire, c'était LE beau gosse dans toute sa splendeur et c'est devenu… ça. Comment la drogue peut voler toute la beauté de quelqu'un en même pas trois ans… c'est hallucinant. Pauvre Jeff, il est devenu sa caricature, un collant violet American Apparel, un T-shirt troué, des cheveux longs et gras et des yeux qui ne racontent plus grand-chose. Je vais quand même le saluer, il me saute dans les bras avec toute la sincérité d'un mec défoncé :

– Elliaaaaaaaaas, ça me fait trop plaisir, putain ! T'as pas changé, t'es toujours aussi mignon, je l'ai toujours su, t'es quelqu'un de frais, tu resteras frais toute ta vie, t'es pas canon…

– Merci.

– Mais t'es bourré de charme et il vaut mieux parce que, crois-moi, le charme ça reste mais la beauté ça part avec le temps.

– Visiblement.

On est interrompus par un mec de quarante-cinq ans environ qui s'approche de Jeff et lui glisse :

– Je te donne 250 euros pour te lécher les pieds.

– Ça va pas, non, tu me prends pour qui ?

– Mais on m'avait dit que…

– Dégage. Attends, excuse-moi, Ellias.

– Je t'en prie.

– 250 euros par pied ou pour les deux ?

– Pour les deux.

– Va te faire foutre… On était en train de dire quoi, Ellias ?

J'hallucine, Jeff est devenu junkie, il fait la pute, lui qui était drôle, beau, qui avait tellement de succès. Qu'est-ce qu'il s'est passé ? La vie est bizarre… C'est notre soirée ou quoi ? Entre lui et le gogo du Banana, la crise a fait autant de ravages, ou c'est devenu banal de se prostituer ?

Quand je raconte ça aux garçons, ils ont l'air moins surpris que moi :

– C'est fou, ça, il a toujours été égocentrique, mais à ce point, c'est plus des chevilles qu'il a, c'est des genoux.

– Qu'est-ce que tu veux dire ?

– Ce mec, ça a toujours été « moi je », alors qu'il ait besoin de fric, peut-être, mais je suis sûr qu'il couche pas, il se fait payer pour se faire lécher les pieds, comme ça il a encore le pouvoir, c'est un pervers narcissique.

– Tu crois ?… Ah, l'enfoiré… et dire qu'il m'a presque fait de la peine.

On a ensuite débattu sur le vrai sens de « pervers narcissique » et on a conclu qu'on en avait collectionné pas mal à nous trois puis, comme avec le Tango on n'est jamais à court de surprises, je suis tombé nez à nez avec le mec de la braderie, tu sais, celui qui portait un sac à main. J'apprends donc qu'il s'appelle Roman, qu'il est styliste et qu'il a quelqu'un, pourtant c'est très bizarre à expliquer mais j'ai le sentiment qu'il se passe un truc. Je fais mine de ne pas voir qu'il porte un pantalon léopard et un collier de perles, on danse ensemble et c'est comme évident, on n'arrive pas à se quitter des yeux, il me donne son numéro et pour lui dire au revoir je lui fais un bisou 50/50 : moitié bouche/moitié joue. (Bon, la vérité, je lui ai fait un 75/25 !) Il a un mec, un look improbable, je ne pourrais jamais le présenter à mes parents et pourtant il m'attire. La vie est définitivement bizarre. M'étant mis sur mon trente et un, j'insiste pour qu'on aille au CUD, histoire d'amortir ma tenue et de peut-être croiser NPANPR pour lui régler son compte en direct sans passer par la case recrutement à Belleville.

Étant l'établissement qui ferme le plus tard dans le Marais, c'est un peu le bar de la dernière chance, je n'aime pas trop la musique mais la clientèle est sympa. Ce club ne marchait pas très fort et puis un jour le patron a eu une idée de génie, embaucher un nouveau vigile super mignon et faire courir le bruit qu'il avait la plus grosse bite du quartier, du coup, tous les gays ont afflué en masse. Certains ont même fait le déplacement depuis le 14e, pour voir la tête de monsieur 24 centimètres (oui, je sais, c'est impressionnant). En un éclair, cet endroit est passé de hasbeen à branché car, vu l'affluence, ils ont pu se permettre de choisir leur clientèle. Je n'ai qu'un mot à dire : chapeau bas.

Ce soir, c'est plein à craquer comme d'habitude ; je descends l'escalier avec appréhension, pas de Timothée en vue. On nous installe à la table que je préfère, sous la voûte (l'endroit le plus stratégique pour mater car elle est en contrebas), et on nous apporte une bouteille de Get offerte par la maison qu'on descend en dix minutes chrono. La musique est à chier, comme d'hab', mais je fais un effort et me dirige vers la piste car j'ai envie de m'amuser. Il y a quelques beaux garçons et, comme à l'accoutumée, c'est concours de ceintures, si tu n'as pas le fameux G, H, LV, YSL, t'as l'impression d'être un paria. Je repère très vite un mec qui a l'air vachement mignon et qui porte… des bretelles, jackpot ! Je danse avec mes amis en lui lançant des regards furtifs, on se sourit, on minaude, jusqu'à ce qu'il s'avance enfin vers moi et… merde, c'était une fausse alerte.

Les faux beaux, communément appelés « les fausses alertes », t'as déjà dû en croiser, ils portent souvent des chapeaux qui leur vont très bien ou rabattent une grande mèche de cheveux qui leur cache la moitié du visage pour faire illusion. Je les déteste car ils te font croire que tu vas te taper un canon et en fait c'est juste un cageot déguisé. Visiblement, ma fausse alerte a lu la désillusion dans mes yeux et a pris la sage décision de changer de chemin, je suis sauvé.

– On rentre ? Y a rien pour nous ici !

– OK, je passe juste aux toilettes.

Je quitte la table et, cinq bonnes minutes plus tard, j'accède enfin à l'étage et évidemment il y a la queue, j'essaie donc de jouer de mes charmes auprès d'un mec qui s'avère pas mal du tout.

– Excuse-moi, est-ce que je peux passer ? Mes amis m'attendent.

– Ils sont entrés à cinq à l'intérieur, ça fait plus d'un quart d'heure que je patiente… Je crois qu'il y a des trucs en bas mais c'est classé en 14 centimètres, 18 et 22 et le 14 est toujours libre.

– Si c'est un moyen détourné de me demander ma taille… je fais 1 mètre 80.

– Bien joué ! Je t'offre un verre ?

Pile à ce moment-là, un mec, genre prof de philo charmant, qui porte des lunettes et une magnifique chemise Saint Laurent que j'ai failli acheter mais qui était vraiment hors de prix, s'approche de nous :

– Bertrand, ça va ?

– On se connaît ?

– Tu te souviens pas de moi ?

– Euh, vaguement… peut-être… rafraîchis-moi la mémoire.

– C'est une blague ? On a couché ensemble, la semaine dernière.

– Ah… et c'était bien ?

Point positif : il a de l'aplomb. Point négatif : c'est un queutard.

Il me lance par politesse, alors que le garçon part, très vexé :

– J'ai une mémoire sélective, je me souviens que des bons coups… Ah, ça y est, c'est libre, vas-y, je t'en prie… Tu veux que je te rejoigne ?

– J'ai plus l'âge de me taper un inconnu dans les chiottes et puis, tu sais, les mecs qui passent leurs journées à essayer de se souvenir de leurs nuits, ça me branche pas des masses. Merci pour le verre.

Quand j'ai raconté fièrement cette histoire devant le taxi à Karim et Émilien, ils ont réalisé qu'ils avaient tous les deux couché avec et qu'il était éjaculateur précoce, je suis encore plus fier de moi, deux en l'espace d'un mois et demi, ça aurait été trop dur. Je rentre donc sagement en me disant qu'il ne fait pas bon vivre à Paris ces derniers temps, entre les garçons qui viennent trop vite, les queers, les putes, les mecs qui ne t'embrassent pas parce que tu manges du porc ou les fantômes du passé, je devrais sérieusement penser à m'exiler. Faut dire que les rues du Temple, Sainte-Croix-de-la-Bretonnerie, des Archives ou des Francs-Bourgeois, je les connais par cœur, ça fait sept ans que je les sillonne. Sept ans, c'est un cycle. Et s'il était temps de changer d'air ?

6

Lui

Ça y est, on y est, c'est officiellement l'hiver ; vive les cheminées, les gros pulls, les chocolats chauds... et je suis toujours célibataire, putain ! Pour éviter de plonger dans le spleen, je décide d'aller me changer les idées à l'Étienne Marcel, lieu qui rassemble deux dimanches par mois, pour un *tea dance* très privé, toute l'intelligentsia gay parisienne. C'est l'endroit où il faut être vu le dimanche soir, tous les bons partis sont là : avocats, écrivains, producteurs, politiques, stylistes en vue, et j'en passe. Tout le monde se connaît, tout le monde se fait la bise en se félicitant de sa réussite : bienvenue dans l'univers merveilleux des pédés chics qui finiront par acheter le monde. La chemise est de rigueur.

Quand j'arrive, je réalise qu'il y a à peu près toute ma salle de sport mais habillée et avec un air guindé, c'est un peu étrange. Tiens, j'aperçois Christiano Maestracci, je lui fais un clin d'œil, il se dirige vers moi. Christiano est le garçon avec qui j'ai toujours rêvé de sortir sans oser faire le premier pas, c'est le mec classe en toutes circonstances, même en jean-T-shirt en train de manger une pizza, il en jette. C'est typiquement le genre de mec qui ne se fait pas sucer dans les chiottes quand il a trop bu, tout simplement parce que c'est le genre de mec qui sait s'arrêter de boire quand il a trop bu. Et alors, quand tu regardes ses photos sur Insta, tu te dis : « Je veux sa vie. » Je me suis toujours promis qu'on finirait ensemble. Est-ce que quelqu'un s'est déjà dit ça à mon sujet ? Est-ce que je suis le Christiano Maestracci de quelqu'un ?

En fait, il représente un peu ma vision de l'homme idéal, il est beau, il est argentin et tellement chic, c'est le seul mec devant qui je perds mes moyens, il me parle avec son accent et je souris comme un abruti. Heureusement, au moment où je m'apprête à lui demander s'il compte partir en vacances pour les fêtes (quelle question originale), Émilien arrive avec son mec, qu'il s'est enfin décidé à nous présenter. Il s'appelle Marc, il a trente-trois ans, il est très séduisant, il a de l'humour et de la conversation, et, pour une première présentation devant des amis, c'est tout ce qu'on lui demande. Karim nous rejoint hyper énervé.

– Ça y est, je suis misogyne.

– Qu'est-ce que tu racontes ?!

– En venant, je me suis perdu en scoot, je suis allé voir une policière pour qu'elle me dise quelle direction prendre, elle me répond que je roule en sens interdit, je lui explique

que si j'ai pris le sens interdit, c'est pour lui demander mon chemin et elle me met une amende. C'est une blague ou pas ? Et le pire, c'est qu'elle a même pas su m'indiquer la route ! Pardon, bonjour, moi, c'est Karim.

– Marc, enchanté.

– Comment t'as fait pour te perdre en venant à Étienne Marcel ?

– Ben, je suis un peu bourré.

– Il est que dix-neuf heures trente.

– Je suis allé à un *gay tea dance* juif juste avant.

– Ça existe ?

– Ouais, j'y suis allé pour croiser David par hasard et lui montrer que je me portais très bien sans lui sauf qu'il était pas là, du coup j'ai bu tout seul au bar et, comme si c'était pas assez pathétique, je me suis fait draguer par un mec qui perdait ses dents.

– Comme la chanteuse des Rita Mitsouko ?

– Ouais, à part que lui, c'est une maladie, il m'a expliqué qu'il avait une carence ou une décalcification ou un truc dans le genre.

– Et comment t'as réagi ?

– Ben, je lui ai dit que c'était la petite souris qui devait être contente, et je suis parti et maintenant je suis là et j'ai soif ! Joan Collins pour tout le monde ?

Voilà ce qui nous a servi de présentation officielle auprès de Marc. C'est marrant mais pendant tout le dîner j'ai regardé Émi et il était à la fois nerveux et fier, je crois que c'est la première fois qu'il est vraiment amoureux, il a les yeux qui brillent et, franchement, il le mérite. Dans un élan de romantisme, je décide d'appeler Roman pour savoir s'il veut venir prendre un verre avec nous mais très vite je sens que l'hiver est aussi présent dans sa voix :

– Écoute, Ellias, je pense pas que ce soit une bonne idée qu'on se voie, enfin on peut se voir mais en amis, enfin il faut d'abord que j'en parle à mon mec, ça fait quatre ans qu'on est ensemble, et en même temps j'ai très envie de te connaître mais je pourrai pas, je suis désolé.

C'est vraiment débile mais ça me rend triste alors que je le connais à peine, mais je sais pas, lui, les autres, l'hiver, Émilien qui s'est enfin casé, mon connard d'ex qui rôde dans les parages, cette putain d'annonce Grindr qui a été un four total... Heureusement que je me dis qu'il faut absolument que je reste digne car Christiano n'a pas encore quitté la soirée et que Timothée peut débarquer à tout moment ; contre toute attente, je décide d'aller boire un verre tout seul au CUD. Une fois là-bas, je ne regarde personne, je réfléchis un peu à ma vie, à cette routine, au fait de sortir, de toujours voir les mêmes têtes, de déprimer puis de ressortir. C'est toujours le même problème. J'ai le sentiment de faire la fête tout le temps et de ne pas avancer, et puis je crois que j'en ai de plus en plus marre de traîner dans ce milieu de pédés de merde. Hormis le fait que tu trouveras toujours plus beau et mieux fringué que toi, j'ai l'impression que les mecs n'ont aucune morale. Tu passes devant l'Open Café et ils te regardent comme si t'étais de la viande, tu entres dans n'importe quel bar, tu trouves un couple trop mignon jusqu'à ce qu'il y en ait un des deux qui parte aux toilettes et que l'autre en profite pour te laisser son numéro. Ça me fout la gerbe. Autant te dire que ce soir, c'est pas la grande forme ! Je sais même pas ce que je fous ici, je vais me mettre sous la couette et demain ça ira mieux. Alors que je monte l'escalier, je croise un type qui ressemble un peu à Johnny Depp à sa grande époque, il me sourit, il est très mignon, je me contente de lui dire : « J'adore ton bonnet... c'est dommage pour tes pompes », et là il me rattrape :

– *What ? What ?*

– *Oh, I've said that I love your hat but your shoes*, comme ci, comme ça.

– Vraiment ?

– *Sorry.*

– Merci beaucoup, monsieur, d'être aussi sage avec mon chaussure, vive la France !

On papote puis, très vite, je lui dis à plus tard et monte commander un verre alors que je n'ai pas vraiment soif et, bien qu'essayant d'être le plus discret possible, je n'arrive pas à lâcher l'escalier des yeux. Quand il se décide enfin à partir, il me fait un signe d'au revoir, je lui indique le chemin de ma joue et lui explique qu'en France on se fait la bise. Il s'appelle Jason, il est né au Congo, il a grandi en Norvège et vit en Californie : bref, il me fait faire le tour du monde en cinq minutes. Physiquement, il a un look hippie chic négligé, un super sourire et je ne sais pas, il a un truc « cool ». Il n'a pas de téléphone alors je lui dis que demain je vais dîner avec des amis au Georges où il y a une jolie vue de Paris et que, s'il le veut, il peut nous rejoindre pour le dessert.

Et le lendemain, alors que je n'y croyais pas trop, il est venu. Il était beau, il a charmé tout le monde dès qu'il a ouvert la bouche et m'a regardé comme très peu de mecs m'ont regardé. On a bu un dernier verre à l'hôtel Jules et Jim, puis on est rentrés à la maison pour dormir en tout bien, tout honneur. À notre arrivée chez moi, je me suis promis d'être sage et de ne pas lui sauter dessus et, à ma grande surprise, c'est lui qui m'a expliqué qu'avec un garçon il y avait trois règles à respecter pour un Américain. Première règle : ne rien faire le premier soir, mais alors qu'il était en train de me dire ça il s'est déshabillé et... je n'ai jamais connu les deux autres. Le lendemain, il devait partir passer Noël chez une tante qui vit dans un château près de Reims, on a échangé nos contacts, on verra bien, je ne m'emballe pas.

Émilien, lui, est allé voir sa famille, Karim est resté à Paris et moi je suis allé à reculons au Touquet, où mes parents ont eu la mauvaise idée de s'installer il y a six ans. Je n'ai jamais aimé cette fête et l'idée de les voir ne m'enchante pas des masses ; ils sont chiants à mourir, mon père est médecin et ma mère est infirmière à domicile, je ne me sens pas très proche d'eux ; quand j'étais petit, ils travaillaient beaucoup et je ne les voyais pas souvent. Heureusement que je retrouve mon petit frère, que j'aime par-dessus tout et à qui je vais pouvoir demander de me peindre deux ou trois trucs, et ma grand-mère qui a fait le déplacement de Saint-Trop' pour l'occasion et avec qui je suis sûr de rire. En fait on est tous les trois tarés mais mes parents, eux, sont normaux, c'est bizarre, c'est comme si ça avait sauté une génération. Mais je crois que cette année, pendant le dîner du réveillon, ma grand-mère s'est surpassée.

– Mon petit-fils, tu vas être très fier de moi, j'ai testé les slings.

– Pardon, mamie ?!

– Oh ! sois pas choqué, t'es gay, tu dois bien savoir ce que c'est qu'un sling.

Ma grand-mère pense que, comme je suis homo, elle peut me raconter toutes ses histoires de cul. Même si ça me fait rire, ça me dépasse un peu.

– Maman, je t'ai déjà dit de pas dire « gay » devant le petit mais « joyeux ».

– C'est quoi, un sling, mamie ?

– Oh ben, c'est malin, ça.

– C'est une balançoire, mon cœur, parce que mamie sort avec le jardinier.

– Depuis quand tu sors avec les domestiques ?

– Ah, ma fille, qu'est-ce que tu peux être bourgeoise de province parfois !

– T'es plus avec ton prof d'Internet ?

– Ben non, une fois que j'ai su aller toute seule sur Meetic, il me servait plus à grand-chose. Au départ, je cherchais sur le Net puis de fil en aiguille...

– De fil en aiguille, t'as regardé dans le jardin et puis la balançoire ! Ben moi je vais te décevoir, mamie, mais j'ai jamais essayé.

– C'est pas vrai ?

– Bon, ça suffit, oui, c'est Noël.

Et mon père, au milieu de tout ça, qui reste stoïque ! Finalement, les fêtes de fin d'année, c'est juste un bon moment pour les rendre dingues sans qu'ils gueulent trop. Mais bon, deux jours au Touquet, ça équivaut à deux mois dans une vie normale, c'est donc avec joie que suis rentré à la maison et que, deux heures plus tard, j'ai découvert ce mail :

Hey, sexyman, comment alle-vous ? J'espere que vous avez fait un bon noel, ici c'est fantastic, le château est grande, il y a beaucoup des salongs et une piano ou je m'amuse, tout le monde est tres gentille mais je voudrez vous revoir... bientôt ? I hope...

Bisous

Jason Behari

– Vu le nombre de fautes, t'es sûr que c'est pas un spam ?

– Arrête, le pauvre, il fait l'effort d'écrire dans ma langue.

– Il est américain et il repart dans deux semaines.

– Ah, pour une fois que je rencontre quelqu'un qui me plaît vraiment, je m'attendais à autre chose de vous, surtout toi, Émilien, comme tu connais ça, tu pourrais me soutenir.

– Justement, je crois que je vais quitter Marc.

– Tu déconnes, t'étais bien, qu'est-ce qu'il s'est passé ?

– Il m'a offert pour Noël un paquet de graines pour faire pousser un arbre.

– Il t'a offert des graines à Noël ?

– J'aurais encore préféré un paquet de cacahuètes.

– Il est peut-être socialiste ?

– Et toi, tu lui as offert quoi ?

– Une veste en cuir Armani qui m'a coûté un rein.

– C'est ta faute aussi, tu le connais depuis un mois.

– Il a dit que ça serait notre arbre, il trouve ça romantique, j'ai même pas de balcon, où veux-tu que je le mette ? Si je lui dis quelque chose, il va croire que je suis vénal, alors que vous, vous savez bien que je suis pas vénal ?

– Mais oui, on le sait.

– Écoute, c'est pas si grave, toi t'es bien avec lui, il t'apporte des choses ?

– Évidemment.

– Tu vas pas tout foutre en l'air pour un cadeau, il est radin, d'habitude ?

– Non... Mais vous vous rendez compte qu'il a offert une boîte de chocolats à la femme de ménage, et moi j'ai des graines !

Pour fêter nos retrouvailles, on est allés à la Club Sandwich, soirée très branchée qui réunit le gratin de la mode et du cinéma et qui a un thème différent chaque mois, ce soir c'est « Le Père Noël est une traînée », et, comme la vie n'est jamais simple, j'ai évidemment recroisé Roman. C'est fou, j'ai l'impression que partout où je vais, il est là, ça m'étonne de ne pas l'avoir croisé au Touquet, tiens ! J'ai fait semblant de ne pas le voir et finalement c'est lui qui ne m'a pas lâché, on a passé la nuit à danser tous les deux, c'était très chaud. Je rencontre deux mecs qui me plaisent, l'un est déjà pris et l'autre vit au bout du monde, c'est ridicule. Remarque, je n'ai pas l'air d'être le seul à ne plus savoir où donner de la tête car, quand je croise Émilien, il me crie :

– Je vais crever, sors-moi de là !

C'est vrai que cette soirée rassemble les plus beaux mecs de Paris, alors si en plus ils sont en boxer rouge avec un bonnet de Père Noël, comment résister ?! Eh bien, c'est pourtant ce que Karim et moi avons fait. Émi, lui, s'est contenté de prendre quelques numéros pour avoir des plans B au cas où son histoire battrait de l'aile. Il est amoureux de Marc, mais il préfère rester pragmatique et n'arrive pas à digérer le coup des graines. On est donc repartis pour une fois tous les trois ensemble, bien contents que Noël soit derrière nous. On a marché de la Concorde jusqu'à l'Hôtel de ville à pied, il faisait froid mais on s'en foutait, on était entre nous. Puis d'un coup d'un seul, Karim, en se voyant à côté d'une nana sur une affiche pour un shampooing, a repris la chanson de Balavoine *Je ne suis pas un héros* en la transformant en *Je ne suis pas hétéro* et ça nous a fait mourir de rire : « Je ne suis pas hétéro, faut pas croire ce que disent les journaux, je ne suis pas hétéro, oh oh oh... » Et j'ai réalisé que c'était tellement cool de rentrer de boîte avec ses amis plutôt que de ramener un mec à qui t'as rien à dire juste pour pas rentrer seul. On s'est promis de le faire plus souvent. Je crois qu'on grandit et je crois que ça me plaît.

Le lendemain, Jason est rentré à Paris et, comment te dire... c'est parfait et inattendu. Avec lui, je me sens comme un touriste qui s'émerveille de ma ville et tout redevient romantique. Je lui fais découvrir mes endroits, je l'emmène boire un chocolat chaud à l'hôtel de la Rue des Beaux-Arts, on se balade dans les jardins du Palais-Royal, on va dîner au Louis Philippe, je lui fais goûter les glaces Berthillon, j'insiste pour qu'on escalade le square Barye et qu'on admire la vue, etc. Lorsqu'on ne sort pas, on s'enferme. Sa famille a un appartement de 400 mètres carrés place Iena qui est vide, alors on y campe avec des bougies sur un matelas gonflable. Tout ça est tellement cliché mais tellement agréable. Je n'aurais pas pu espérer une meilleure fin d'année. Alors, quand il m'invite à fêter le réveillon du nouvel an avec lui au château, je suis carrément sur un nuage. La seule chose qui m'inquiète, c'est qu'il n'a toujours pas joui ; la première fois, il m'a dit que c'est parce que je l'impressionnais, la deuxième fois parce qu'il était fatigué, et la troisième il était juste désolé. On préfère en rire et se dire que quand ça viendra pour lui ça sera l'orgasme du siècle.

Le 31, je découvre le château, on a toute une aile pour nous, les jardins sont magnifiques, il va y avoir un feu d'artifice, la cave à vins est incroyable, bref j'ai l'impression d'être dans un film. Quand les douze coups retentissent, je ne peux m'empêcher comme tous les ans de me demander où je serai le 31 décembre de l'année prochaine, mais très vite on va rejoindre les autres invités et cette pensée s'en va comme elle est venue. Une fois dans la chambre, Jason laisse aller sa joie de commencer l'année avec moi et je suis enfin rassuré, nous l'entamons donc sous de bons auspices.

De retour à Paris, l'ambiance est différente, je pense qu'on a tous les deux conscience du temps qui passe et de ce putain de 5 janvier qui approche. On essaie de profiter un maximum. Moi qui étais sur la réserve, je me surprends à me laisser aller et c'est vraiment cool.

Lorsqu'il m'offre le DVD de *The Holiday*, qu'il me demande de regarder une fois parti, on entame une longue discussion au cours de laquelle on décide de venir se voir chacun notre tour, de se parler le plus souvent possible sur Skype et évidemment de rester fidèles. C'est donc officiel, j'ai un mec, c'est la première fois que j'ai un coup de cœur à ce point, on a le même âge, il est beau, drôle et c'est un futur cardiologue. Bonus : je nous imagine en couple dans la prochaine campagne de pub pour The Kooples et ça marche grave !

Ce matin tout est allé très vite, on s'est réveillés et le chauffeur a klaxonné, il a sauté dans la douche, on s'est serrés dans les bras et il est parti. J'ai décidé de ne pas l'accompagner à l'aéroport : trop pathos. Je voulais lui dire plein de trucs mais je n'ai pas eu le temps, alors j'ai ouvert la fenêtre et je me suis contenté de crier : « Merci pour tout, appelle-moi quand t'arrives. » Ça va faire trois heures qu'il est parti et j'ai le moral à zéro, j'ai regardé le film et même si Jude Law est définitivement magnifique, ça m'a déprimé. Il me manque déjà et une seule question occupe mon esprit : est-ce qu'il va vraiment tenir ses promesses ?

7

Tentations

Ça va faire trois semaines que Jason est parti, et je le déclare : ma vie amoureuse virtuelle est au top. On se téléphone tous les jours, on se voit par webcam, c'est génial ! Bon, OK, j'arrête de te mentir, c'est pas génial, j'en peux plus, je suis au bout de la roulette : je veux du sexe !!!! On n'a même pas fait un plan cam en quinze jours... Je deviens dingue, je pense plus qu'à ça, du coup pour me défouler je me suis remis au sport. Grave erreur, car je me suis aussi mis à refréquenter les vestiaires du sport, et ça, crois-moi, c'est vraiment cruel...

Je suis inscrit au Waou depuis deux ans et j'ai arrêté d'y aller il y a six mois parce que, sur deux heures, je traînais une heure et demie dans les vestiaires. C'est bien simple, je ne me suis jamais musclé, en revanche mon tableau de chasse a pris un sacré coup dans la gueule. Imagine une ribambelle de beaux mecs super bien foutus que t'as la possibilité de voir à poil et qui te regardent de manière aguicheuse en se savonnant… Forcément, ça dérape une fois sur deux.

Eh bien, cette fois, il est hors de question que ça dérape, j'y vais pour faire du sport, histoire d'être un peu dessiné quand je reverrai Jason et rien d'autre. Pourtant, quand j'arrive dans le hammam, qu'un mec magnifiquement gaulé me regarde en enlevant sa serviette et que je constate qu'il est très en forme, je me demande où commence la tromperie.

– Si on se branle l'un en face de l'autre, est-ce que je suis infidèle ?

– Si vous vous touchez pas, je crois que ça compte pas !

– Moi je pense que si tu te fais sucer par un mec, ça compte pas mais que si c'est toi qui suces, c'est différent. Bon, en même temps, je pense que le tout c'est de pas commencer, après c'est trop dur de faire marche arrière ; toutes les fois où j'ai trompé c'est parti d'un jeu, d'abord tu te frottes un peu, après tu l'embrasses, après tu bandes, tu lui enlèves son T-shirt et c'est toujours à ce moment-là où tu sens que tu peux plus reculer… il faut sauter ! Même si tu pourrais t'arrêter là, tu te dis : « Maintenant qu'on est à poil, autant aller jusqu'au bout. »

– Est-ce que si on n'embrasse pas, ça compte pas ?

– Ellias, c'est un truc de putes, ça.

– Je dois être une pute, alors ! Jason est parti depuis même pas un mois et je suis excité par tout ce qui bouge.

– Change de salle de sport.

– Je crois que je vais arrêter de faire du sport tout court, c'est pas fait pour moi, ça me perturbe trop.

– Arrête tes conneries, il a raison Karim, change de salle, t'en as fait le tour, viens plutôt dans la mienne.

– Au Gym Louvre ?!!! T'es dingue, c'est pire, c'est un bordel avec des bancs de musculation.

– Toutes les salles de sport sont des bordels avec des bancs de musculation.

– Moi je pense que c'est pas une question de salle, c'est une question d'état d'esprit. Au contraire, je trouve ça bien que tu sois confronté tous les jours à la tentation, ça te permet de tester ta résistance. Imagine les couples de pédés campagnards, c'est dramatique pour eux, ils sont fidèles mais il n'y a aucun mérite à ça, il y a aucune tentation à moins de 200 kilomètres. Je suis sûr que tu les laisses à Paris, ils tiennent pas deux semaines.

– Karim, c'est horrible, ce que tu dis !

– Moi j'ai trouvé la solution pour pas tromper Marc au sport... Je l'ai inscrit à ma salle, au moins je suis sûr de pas commettre d'impairs et de tirer mon coup à chaque fois ! Bon, OK, le tien, il est aux États-Unis mais raison de plus, il le saura jamais.

– Ouais, je sais, mais j'ai carrément viré Grindr, alors c'est pas pour le tromper avec le premier venu.

– T'as viré Grindr ?! C'est vraiment sérieux, alors ?

– Ouais, il y a un truc différent avec Jason, j'aimerais me prouver que je peux tenir le coup pour lui.

C'est donc déterminé qu'une semaine plus tard je suis retourné au Waou. Pour éviter tout problème, je me suis inscrit à « abdo-fessiers » et « step », les seuls cours où il n'y a que des gonzesses. À la fin de ma séance, j'ai rejoint fébrilement les vestiaires avant de découvrir que j'y étais… seul. Pas un chat à l'horizon. J'entre donc tranquillement dans les douches, quand tout à coup j'entends la porte du sauna qui se referme, je me retourne et c'est lui, l'inconnu de la dernière fois. Je fonce dans ma douche tout en prenant le soin de fermer très lentement la porte pour savoir ce qu'il fait et je me rends compte que cet enfoiré se met juste dans la cabine en face de moi. Faut pas que je le regarde, faut pas que je le regarde. Il a pas fermé sa porte, quel allumeur… JASON JASON JASON. Il commence à bander, il a une queue et des fesses parfaites, il me fait un sourire et un signe de tête qui veut dire « Viens », je ne sais pas quoi faire. Je décide de prendre mon courage à une main et de la lui serrer.

– Bonjour, je m'appelle Ellias, on pourrait peut-être devenir amis ?

J'avais à peine prononcé ces mots qu'il m'avait déjà enfermé dans sa cabine, et la seule chose qui m'a sauvé c'est qu'il a ouvert la bouche, et… il avait un putain d'accent marseillais ! Cet accent me rappelle trop de mauvais souvenirs, en un éclair j'ai couru à mon casier pour me rhabiller. Je suis sorti avec un Marseillais et ça ne s'est pas très bien fini, depuis, quand j'entends cet accent, ça coupe net ma libido. Comme un coupe-faim du sexe. Et c'est con, parce qu'il y a vraiment de très beaux mecs dans cette ville.

Vincent est un garçon que j'avais connu il y a quelques années quand il est arrivé à Paris, et j'aurais dû savoir que ça n'allait pas coller entre nous, parce que c'était le mec qui ne m'avait pas plu tout de suite. Je pense que si quelqu'un ne nous plaît pas au premier regard, il faut zapper direct, car si on essaie de lui trouver quelque chose, là, on est foutu. Vincent était gentil mais j'en arrivais à compter les jours où je l'avais trouvé mignon à cause de la lumière ou de sa chemise. Pour être franc, je savais qu'il était carrément moche mais tellement adorable avec moi, je pouvais lui demander n'importe quel service, il se pliait en quatre pour me le rendre ; et puis j'adorais dormir avec lui, ça, c'est très important. Je me disais : « T'es un gars bien quand même, tu l'aimes pour ce qu'il est à l'intérieur, le physique, c'est qu'une enveloppe, t'es en train de te prouver que t'es pas attaché à l'apparence. » Des conneries, oui, pour faire sa B. A. il y a le Téléthon !

Vincent, c'était devenu comme un vieux pull, on sait qu'il ne nous va plus mais on ne veut pas le jeter. Et puis, un jour, Émilien a découvert ses photos sur maqueue.com, site dont j'ignorais l'existence, et, après une enquête de voisinage, j'ai appris qu'il servait de vide-couilles à tout son quartier alors que moi j'étais hyper réglo. En y réfléchissant un peu et en en parlant autour de moi, j'en suis venu à la conclusion que les moches sont sans vergogne et ingrats ; un mec beau n'a pas besoin de se rassurer sur son pouvoir de séduction, il le connaît, alors qu'un moche a tout le temps besoin de plaire. Ça doit être lié au traumatisme de la cour d'école. Je ne sais pas à quel point Vincent avait été traumatisé ou avait besoin de se rassurer mais une chose est sûre, c'est que je ne voulais pas lui servir de psy. Par contre, il faut toujours transformer le négatif en positif, aujourd'hui, indirectement, il m'a empêché de tromper Jason, reconnaissons-lui au moins ça. Bref, cette histoire de Marseillais dans la douche m'a beaucoup travaillé, puis il y a eu la Saint-Valentin, que j'ai passée en buvant une coupe devant l'ordinateur, et la Saint-Valentin à l'heure française que j'ai passée devant un film avec Émilien, toutes ces petites choses qui m'ont fait déprimer, et, quand je déprime, je vais me couper les cheveux. Je suis donc allé voir Teddy qui m'a fait part d'une nouvelle déroutante :

– J'ai rencontré l'homme de ma vie ! C'est le bon, je le sais, c'est lui.

– C'est génial, tu l'as rencontré comment ?

– Il est venu au salon et ça a été le coup de foudre. Il vit pas à Paris mais, comme il est steward, il vient souvent.

– Un steward, t'as pas peur ?

– Non, j'ai entièrement confiance, j'ai jamais été aussi amoureux... Je pars le voir chez lui à La Rochelle ce week-end, j'ai pas envie de me poser mille questions, j'ai plus le temps, j'ai envie de foncer.

Quelques jours plus tard, je convoquai mes amis pour leur faire part également d'une décision importante :

– J'ai une nouvelle à vous annoncer.

– Moi aussi.

– Toi d'abord, Ellias.

– Je vais aller voir Jason à San Francisco, il veut que je sois là pour son anniversaire.

– Super. Et toi, Émilien, c'est quoi ?

– Je suis célibataire.

– Tu plaisantes ?

– J'ai une tête à plaisanter ? Il est rentré aujourd'hui du voyage chez ses parents, je lui ai donc offert son cadeau de Saint-Valentin en retard. Vous vous souvenez que je m'étais ruiné pour Noël et que j'ai récolté un arbre, qui n'a jamais poussé d'ailleurs, donc je me suis dit : « Pour la Saint-Valentin je vais la jouer soft niveau budget mais je vais faire quelque chose de joli et romantique. » Sur tes conseils, j'ai peint en rouge sur une toile blanche « Je t'aime » et j'ai signé « Moi ». C'était mon premier « Je t'aime ».

– Pourquoi tu lui as dit de faire ça, aussi ?

– Et ?

– Il l'a déballé, il a rien dit, même pas « Moi aussi », ça fait bientôt quatre mois qu'on est ensemble mais c'est pas grave, et il m'a offert mon cadeau : un week-end à Florence. Je voyais que quelque chose le tracassait, je l'ai forcé à parler et il m'a avoué qu'il me trouvait un peu radin sur ce coup-là !

Tu imagines bien la dispute qui a suivi, leurs arguments, la peine et la colère d'Émilien...

– Et toi, Karim, on sait toujours pas pourquoi tu nous as plantés à la Saint-Valentin ? Dis-nous la vérité, il s'appelle comment ?

– Je vous ai déjà dit que j'étais malade, parle-nous plutôt de SF.

– Je vais partir une vingtaine de jours pour voir comment ça se passe.

– T'as prévu un hôtel si ça se passe mal ?

– T'es sûr que t'as envie d'aller là-bas ?

– Ça va pas se passer mal, je vous assure, et c'est que des vacances, vous avez fini, oui ?

Deux semaines plus tard, je suis allé à la boutique Air France à côté du sport, avec, je dois te l'avouer, un peu d'angoisse liée à l'avion et surtout à ma décision de rejoindre un type au bout du monde. J'essaie de me convaincre que ce ne sont que des vacances, qu'il faut prendre ça à la légère mais je n'y arrive pas. Je sais que pour lui aussi ça compte, il a parlé de moi à tous ses amis. Quand arrive mon tour de passer au guichet, je reçois un texto de Roman : « Je pense à toi, voilà c'est dit », comme si on me disait : « Oh, oh ! Ellias, il y a encore des gens intéressants à Paris, pas besoin de partir si loin. » Dès que je rentre à la maison, je me rue sur Skype et, quand la webcam s'allume, mes doutes s'envolent.

La semaine est passée assez vite, j'ai acheté des fringues pour là-bas, j'ai travaillé sur le tableau que je voulais lui offrir, j'ai collé plein de bouts de notre histoire dessus, et notamment une tour Eiffel qui clignote ; le tableau est kitsch mais joli et j'ai retrouvé les truffes au chocolat qu'on avait achetées au hasard d'une rue.

La veille de mon départ, Émilien et Karim ont tenu à ce qu'on sorte pour fêter ça, comme si je n'allais jamais revenir ou qu'on enterrait ma vie de garçon. Le Marais étant la zone rouge pour Émilien, qui ne souhaite en aucun cas croiser Marc, on a dîné à la maison, on a pris des photos, on a chanté, c'était très cool, puis comme d'hab' on s'est retrouvés au Bataclan et malheureusement, vision d'horreur, Marc était là, lui qui était si classe, il était torse nu en train d'embrasser deux gars. Même s'il l'a connu dans des conditions particulières, Émilien ne s'attendait pas à voir ça. En même temps, Marc a peut-être toujours été un pédé bas de gamme qui ne pense qu'au cul, va savoir ? Émi, après deux TGV bus en une minute chrono, décide malgré notre avis d'aller le voir et, avec toute la classe que je lui connais, s'approche des deux mecs, leur dit bonsoir avec un grand sourire et glisse à l'oreille de Marc : « T'es vraiment une vulgaire petite pute », et toujours avec un grand sourire : « Bonne soirée, les garçons » puis repart danser comme si de rien n'était. De mon côté, toujours pas de Timothée à l'horizon, en revanche je croise évidemment Roman et lui annonce que je pars définitivement vivre aux États-Unis et que là-bas je vais me marier. Je mens pour voir sa réaction et elle ne se fait pas attendre : il me dit qu'il est content pour moi sans aucune conviction et que, si c'est la dernière soirée, il veut qu'on la passe ensemble. Quelques verres plus tard, on danse de plus en plus chaudement, et, sur *Dès que j'te vois*, il m'embrasse, ça me surprend un peu mais c'est si bon, je me recule et lui explique que c'est trop tard. L'ironie du sort, c'est qu'au moment où je pars, je croise Timothée. C'EST L'ÉVÉNEMENT.

Il ne me voit pas, il est complètement déchiré, il tient à peine debout, il est avec des gens que je ne connais pas. Moi qui ai tellement imaginé « nos retrouvailles », je ne pensais pas qu'il serait dans cet état. Je le regarde. Impossible de me souvenir de la prise de judo. Il a un peu grossi. Il porte une chemise Prada manches courtes qui lui va trop juste. Ça me fait très bizarre de le revoir. Puis il se retourne et ses yeux croisent les miens. Accélération du rythme cardiaque. Nœud au ventre. Pendant deux ou trois secondes, j'ai l'impression d'être dans un caisson et de ne plus rien entendre autour. On se regarde, je pensais avoir envie de le tuer et, à le voir comme ça, il me fait presque de la peine. Il s'avance vers moi, je le fusille du regard puis, d'un coup d'un seul, il change de direction et monte sur la scène. Le DJ appelle un vigile, il prend le micro et la musique s'arrête, il ne me lâche pas du regard. Karim et Émilien me rejoignent. Il se met à fredonner quelque chose d'inaudible pour les autres parce qu'il est stone mais que je reconnais tout de suite. Biolay. *Sous le soleil du mois d'août*. On l'a écouté mille fois en s'endormant. La complainte d'un amant éconduit, malheureux, qui se demande comment va l'autre...

Le temps s'est suspendu. Tout le monde l'écoute. Tout le monde me regarde. Il s'arrête de chanter comme s'il venait de faire un effort surhumain pour ne pas s'écrouler puis il vacille. Le vigile, attendri, l'aide à se relever et à descendre l'escalier. Je lui en veux d'être aussi impudique. Je me barre hyper énervé, ce qui lui donne le beau rôle auprès de deux mille personnes dans la salle qui ne connaissent rien à la situation. C'est pas grave. Timothée, Roman, Paris, allez tous vous faire foutre. Je me casse.

8

Drama queen

Ça y est, j'ai les pieds aux États-Unis, le vol s'est bien passé, je suis enfin réconcilié avec l'avion, mon aventure américaine peut commencer. Je vais pouvoir oublier tout ce qui s'est passé au Bataclan l'autre soir. Je retrouve Jason, il est hyper beau et, quand je le vois qui me sourit, je me dis que ça valait vraiment la peine d'endurer douze heures de vol. Il porte mes bagages, nos retrouvailles sont un peu timides mais c'est normal, ça fait deux mois qu'on ne s'est pas vus et il était évident qu'on n'allait pas se sauter dessus au milieu de l'aéroport.

En montant dans sa voiture, je découvre un bouquet de tulipes sur le siège passager, je l'embrasse et c'est à ce moment précis que je réalise qu'il m'a vraiment manqué.

Il démarre son énorme 4 × 4 et nous voilà dans les rues de San Francisco… Tout y est, les maisons victoriennes, les routes inclinées, le fameux *cable car* et bien sûr le soleil californien. On se gare sur Laurel Street devant une grande maison sur trois étages et nous sommes arrivés. À l'intérieur, c'est immense, la déco est top et surtout il y a une vue incroyable sur le Golden Gate et la baie de San Francisco, ce qui ne gâche rien. Je pose mes affaires, on déjeune puis il m'explique qu'il a des trucs à faire cet après-midi, il me dépose donc dans le centre-ville et se sauve. Je ne me formalise pas et découvre avec bonheur les boutiques, les slips de marque à 5 euros et les *slices* de pizzas à 1 dollar. Quatre heures plus tard, je décide d'aller visiter Castro, le quartier gay, et là un mythe s'écroule : croyez-moi, les mecs, c'est ridicule, il y a juste une rue avec quatre bars, le Marais, à côté, c'est un labyrinthe. Moi qui pensais que SF c'était un peu la Gay Pride en permanence, que j'allais croiser plein de mecs au regard aguicheur, ou au moins des couples se tenant par la main : que dalle ! C'est la dèche !

Vers 7 *p.m.*, Jason me rejoint pour me ramener à la maison et m'annonce qu'on dîne avec quinze de ses amis ce soir. Honnêtement, je suis fatigué à cause du décalage horaire, je ne l'ai pas vu de l'après-midi mais je décide de prendre sur moi et de me faire beau, ce qui est visiblement raté puisqu'il me demande de changer de jean car il le trouve trop féminin pour ses potes. C'est un Sandro blanc coupe droite pour homme et c'est quoi cette réaction stupide ? Je trouve ça hyper vexant, j'ai envie de me disputer mais je me dis que ça serait dommage pour un pantalon. Je lui explique que je suis crevé et que je préfère rester à la maison, il insiste pour que je vienne. J'arrive donc un peu énervé dans une espèce de bouge péruvien avec vue sur la station essence d'en face, je regarde les tables en bois et les napperons troués... ça me change des restaurants parisiens avec vue sur la tour Eiffel... Pas grave, je souris et décide d'être le plus sympa possible devant ses amis qui, dès mon arrivée, me disent : « J'adore ton jean », ce à quoi je ne peux m'empêcher de répondre : « Merci, c'est Jason qui me l'a offert. » C'est nul, je sais. On nous sert à manger, tout le monde a l'air d'adorer et trouve ça *amazing*, moi je trouve ça tellement *amazing* que j'ai envie de prétexter un coup de téléphone pour aller acheter un paquet de gâteaux à la station-service. Anyway. Jason m'emmène ensuite dans un bar sordide voir un spectacle de travelos cheapissimes et, après trois cocktails infâmes, je ne sais pas ce qui est le pire : le fait qu'il ait pensé qu'un endroit comme ça allait me faire plaisir pour notre première soirée ou de me rendre compte que je vais devoir pisser dans une espèce de long bac avec un miroir placé de telle façon qu'en un coup d'œil t'aies tout vu de tout le monde, y compris des mecs de cinquante ans en total cuir ? Crois-moi, la seule chose qui m'ait aidé à tenir le coup dans ces toilettes, c'est de penser à Karim en train de chanter *We are family*. Dans la voiture, au retour, je me suis agacé de mes réactions, c'était pas une super soirée mais c'est pas grave, je suis fatigué, le jean, ça m'a un peu braqué, du coup j'ai tout vu en noir. Je suis aux États-Unis en vacances, je suis pas mort en avion, mon mec est là, de quoi je me plains ?

Sauf que les trois jours suivants, je ne l'ai vu que six heures au total et il m'a montré le pire de San Francisco, prétextant qu'il était arrivé il y a deux ans et que, vu son emploi du temps, il connaissait mal la ville. Argument recevable, mais si quelqu'un se tape 9 000 bornes pour me voir, je prévois un minimum de trucs sympas à faire… Je ne lui ai pas demandé de me sortir le grand jeu tous les soirs ou de m'emmener dans des endroits chicissimes, mais on pourrait ne serait-ce que faire un apéro sur la plage ou rouler sur les collines de Twin Peaks pour mater la vue… C'est bizarre, j'ai l'impression de le déranger, alors que c'est lui qui m'a convaincu de venir parce qu'il avait soi-disant quinze jours de vacances à me consacrer. Je ne comprends pas ce qui se passe, ici je le trouve très différent, il est distant, on ne rigole pas, et alors inutile de te dire que niveau sexe, c'est Coca Light depuis mon arrivée. C'est peut-être de ma faute, c'est peut-être moi qui suis parti d'un mauvais pied ? Je décide donc de prendre les choses en main et de chercher un endroit romantique sur Internet. Après quelques clics, je lui propose d'aller déjeuner au jardin japonais dans le Golden Gate Park, qui a l'air vraiment canon. Il m'emmène, sauf qu'il ne sait pas où est l'entrée, du coup on se gare sur une espèce de terrain vague avec devant nous un immense arbre complètement déraciné et sans feuilles, genre décor de film d'horreur. Il m'explique que c'est cool, qu'il faut profiter du moment, que la vie, c'est simple comme s'asseoir sur un banc et respirer l'air. Je suis d'accord, sauf qu'on réalise que le banc sur lequel on est assis est un banc mortuaire. Je ne sais plus si j'ai envie de hurler de rire ou de hurler tout court, heureusement c'est à ce moment-là que plein de gens sortent des buissons en m'applaudissant, que Jason m'applaudit et que je réalise que je suis victime d'une caméra cachée. Il enlève son micro et je comprends tout de son attitude, maintenant... Quel con j'ai été de penser du mal de lui alors qu'il a juste voulu partager une expérience fun avec moi et qu'au passage on a gagné 50 000 dollars. Quoi, on a gagné 50 000 dollars ?!! On va pouvoir s'envoler vers les Caraïbes, ça va être top ! On va se bourrer la gueule à la *piña colada*, faire du jet-ski, nager avec les dauphins, prendre des bains de minuit, manger du poisson au bord de l'eau, s'endormir dans un hamac, se faire dorer au soleil, mais comme c'est pas assez rock, on ira tout flamber à Vegas et on finira par s'y marier en perfecto et jean troué vu qu'on aura tout perdu !

Si seulement... J'ai beau chercher partout, je ne trouve ni cameraman ni micros et encore moins une bimbo siliconée qui nous tend un chèque. Juste nous deux au milieu de ce qui semble être les restes d'un cimetière.

« Je vais rentrer à Paris, Jason, j'ai rien à faire ici... Je suis désolé, mais tu fais aucun effort pour m'accueillir, je ne suis absolument pas une priorité dans ton emploi du temps. Je suis seul toute la journée et, quand on se voit, tu me traînes d'endroit sordide en endroit sordide. Je te signale que je passais plus de temps par jour avec toi en webcam qu'ici en live. Alors je veux bien que les Français soient peut-être cliché en étant trop romantiques, mais je m'attendais à autre chose. Je t'ai connu à Paris comme le parfait petit ami, et ici tu te conduis comme un étranger. Alors je préfère qu'on arrête là. Je garde un bon souvenir de ce qu'on a vécu à Paris, c'était très bien, merci pour ça. Je vais prendre un taxi et récupérer mes affaires à la maison. »

OK, je sais ce que tu vas dire : « Ça fait un peu *drama*, au bout de seulement trois jours », et : « Calme-toi, le jardin japonais ne doit pas être si loin », mais franchement j'attendais tellement de cette relation, je suis dégoûté. Il insiste pour me raccompagner et, une fois chez lui, il pleure comme je n'ai jamais vu quelqu'un pleurer. Il s'accroche à moi en me disant qu'il est désolé et qu'il ne veut pas me perdre. Pendant une demi-heure, je ne l'ai pas regardé et aucun son n'est sorti de ma bouche. J'ai bien sûr cédé et il m'a promis de faire des efforts. Ça a duré… une journée. Journée pendant laquelle on est allés manger du poisson à Fisherman's Wharf et fait un Photomaton au Musée mécanique, d'ailleurs, c'est drôle, mais sur les photos il a l'air heureux.

Dès le lendemain, il a commencé à se livrer à un jeu malsain avec moi. Sa technique a été de commencer à me faire des reproches par-ci par-là, genre je suis beaucoup moins sexy qu'à Paris car moins indépendant, qu'ici je réclame d'être avec lui trop souvent, que je me plains toujours et ne profite de rien, que je suis venu en espérant trop de choses de lui, qu'il faut être plus cool et pas *overreact* tout le temps. En clair, il a retourné la situation et m'a fait culpabiliser, et, à partir du moment où j'ai commencé à culpabiliser, j'étais foutu. Pour m'achever, deux jours plus tard, il m'a expliqué au cours d'une discussion que j'avais mal compris, que pour lui j'étais juste un *date*. C'est royal, quand même, le mec me dit par webcam qu'il croit être amoureux et qu'il veut me présenter à sa famille, je parcours la moitié de la planète, pour entendre, au final, que je suis juste un rancard... Il est où, le Belleville de SF ?! Je l'ai évidemment quitté et, dans la voiture garée sur Chesnut, c'est moi qui ai pleuré à gros sanglots parce que j'ai réalisé que cette fois mes espoirs venaient de s'envoler et que je m'étais trompé. C'est la première fois que je pleure devant quelqu'un. Je m'imagine en spectateur et je me dis que le spectacle est vraiment pathétique.

Ces derniers jours, j'ai dévalisé les boutiques, pour m'occuper. En à peine une semaine j'ai déjà dépensé 3 000 dollars de fringues, alors, quand il me demande de rester chez lui car il se sentirait coupable de me savoir ailleurs, je me dis qu'après tout il s'est foutu de ma gueule, je peux me servir de sa maison comme d'un hôtel. Bon, la vérité est qu'en restant chez lui j'aurai peut-être une explication et qu'on pourra peut-être rattraper ce fiasco. J'ai envie de percer le mystère Jason. Le mec adorable que j'ai connu à Paris doit bien se cacher quelque part, je l'ai pas rêvé...

Je suis donc resté chez lui mais j'ai exigé de dormir dans une autre chambre. Mon comportement est devenu froid et désinvolte à son égard, je le traite comme il m'a traité : une vague connaissance et, au jeu du « suis-moi, je te fuis », il a plongé et est revenu vers moi. C'est tellement désolant, quand tu te rends compte que la stratégie l'emporte sur la sincérité et que tout n'est qu'une question d'ego... Je me demande si en amour on n'est pas tous des enfants dans une cour d'école ? Tu sais, on a une nouvelle marionnette, on joue avec et puis du jour au lendemain elle ne nous intéresse plus, par contre le jour où quelqu'un s'en approche on y rejoue parce qu'elle reprend de la valeur et parce qu'on n'a pas envie qu'elle soit à quelqu'un d'autre. Jason se comportait comme ça avec moi, j'étais son jouet, sa marionnette. Je le savais et, malgré tout, j'ai continué à flirter et à finalement redormir dans son lit. Va savoir pourquoi... Je crois que j'ai essayé de m'accrocher à ce qu'on avait vécu cet hiver et que je n'ai pas réussi à accepter de m'être complètement planté. J'ai essayé d'aller dans son sens, de vivre les choses de manière cool et de ne pas me prendre la tête. J'ai acheté un bouquin sur la ville et j'ai découvert seul les merveilles de Frisco. À force de faire du shopping tous les jours, je suis devenu pote avec le directeur de la boutique Armani, qui m'a proposé de me faire découvrir SF by night.

– Tu sors avec qui ? J'ai le droit de savoir.

– Je vais au Castro Bar avec l'ami dont je t'ai parlé.

– Je suis sûr qu'il t'emmène là-bas parce que, ce soir, les verres coûtent 80 cents.

– Je crois surtout qu'il m'emmène là-bas parce que je lui ai dit que j'aimais les années 1980. Passe une bonne soirée.

J'ai donc fait ma première sortie en célibataire, et effectivement, comme c'était soirée 1980, l'alcool servi dans un verre qui chez nous correspond à un gobelet XL au McDo coûtait 80 cents. Pour environ 4 dollars j'ai donc pris une sacrée cuite et ça m'a fait du bien, en revanche personne ne m'a dragué, et ça, ça m'a fait du mal. On part de chez soi et on n'est plus personne... Une fois de retour à la maison, j'ai fait un maximum de bruit parce qu'il était quatre heures et demie, et je pensais qu'il était en train de s'inquiéter, tu parles, il dormait à poings fermés.

Quelques heures plus tard, des tas de gens se sont affairés dans la maison car c'est son anniversaire et il organise une fête. Ayant décidé d'être le plus beau de la soirée, je fais donc une nouvelle fois du shopping et en profite pour choisir des cadeaux, je lui achète un polo Ralph Lauren rouge édition limitée qu'il pourra mettre pour jouer au tennis et un portefeuille Saint Laurent. Il ne mérite rien de tout ça mais j'ai décidé de rester chez lui, je dois donc assumer et, dans tous les cas, je refuse de passer pour un pingre. Je rentre donc les bras chargés de paquets et lui lance :

– J'ai dit à mon ami de passer ce soir.

– Pas de problème, s'il a un bon look ! Ellias, je te demande une chose, ne dis pas à mes amis qu'on n'est plus ensemble.

– Comme tu voudras, c'est ton anniversaire.

Je rêve, ce mec n'est que dans l'apparence ; qu'est-ce que je fous ici ?

Question que je me suis posée toute la soirée en voyant tous ces gens lui cirer les pompes. Vers deux ou trois heures du matin, j'ai eu besoin de décrocher, je me suis installé dans un transat sur la terrasse, j'ai regardé l'océan et ce pont qui est tellement le symbole de San Francisco. Ça me rassure de me dire que, de l'autre côté, il y a ma vraie vie.

– Merci d'avoir été à côté de moi au moment où j'ai soufflé les bougies, c'était le moment le plus important.

– J'avais pas à être là, Jason, on n'est plus vraiment ensemble.

– Arrête.

Et là il s'est approché de moi et m'a embrassé ; l'espace d'un instant je me suis dit : « Tiens, c'est le baiser le plus sincère qu'il m'ait donné depuis que je suis ici », et, après avoir réfléchi, je me suis dit que c'était parce qu'il était bourré. Quand on est ivre, on embrasse toujours les gens avec la plus grande sincérité qui soit sur l'instant T.

Mon tableau a fait fureur. Tout le monde a crié au génie. Plus tard dans la nuit, j'ai surpris une conversation entre Jason et une amie qui lui disait : « Pourquoi c'est fini ? Tu nous avais dit que c'était l'homme de ta vie. » Et ça, crois-moi, j'aurais préféré ne pas l'entendre, je sais que les gens ne sont pas tout blancs ou tout noirs, mais là ça remet en question toutes mes théories qui reposent sur le fait que c'est juste un sale con. Qu'est-ce qu'il s'est passé entre le moment où il pensait ça et ce soir ? Il n'a personne d'autre, j'ai fouillé ses mails et son portable. Est-ce que ça vient de moi ? Est-ce que c'est lui qui a un problème ? De toute évidence, oui, car la même conversation m'apprend que l'été dernier il a fait venir de Boston un mec qui est reparti au bout de trois jours. Et c'est pas tout, visiblement, il y a un an, ses parents sont venus de Norvège et, à la fin de la journée, il leur a dit : « J'en ai assez de vous, partez », et ils sont partis. Ces mêmes parents qui lui paient cette maison hors de prix. Sachant ce que je viens d'apprendre, je suis encore plus énervé, donc quand je vais me coucher et que je découvre que Kim, une amie à lui, venue de Floride pour l'occasion, est installée dans notre lit et ne veut pas en sortir, car elle est déchirée et qu'elle fait un caprice, je reste gentil, mais quand je comprends qu'elle est en train de m'insulter en anglais, au lieu de lui hurler la rage qui bouillonne en moi depuis dix jours, je vais chercher Jason.

– Ah, Ellias, qu'est-ce que tu peux être chiant ! C'est mon amie, elle dort où elle veut.

Je coupe la musique, tout le monde me regarde.

– Je te préviens, si tu sors pas cette garce de Kim de mon lit dans les deux minutes qui suivent, je la soulève et je la jette par la fenêtre.

Avant qu'il ne réponde quoi que ce soit, j'ai foncé dans la chambre, rassemblé mes affaires, traversé la maison au milieu des invités et je suis parti. Je t'avoue que je n'ai jamais autant regretté mon goût pour les fringues, parce qu'après avoir relativement peiné pour arriver jusqu'au portail de la maison, je me suis retrouvé sur Laurel Street avec tous mes paquets. J'ai donc dû lutter de toutes mes forces, jusqu'à ce que je m'aperçoive que je n'avais plus qu'une poignée dans la main et que ma valise était en train de descendre la pente inclinée à 45 degrés. J'ai maudit le jour où j'ai acheté une valise vintage car, avec le choc, dans sa chute, elle s'est ouverte. C'était horrible, sur le trottoir, il y avait mes slips, mes chaussettes, ma brosse à dents, tout ça dans les rues de San Francisco. Je n'aimais pas beaucoup cette ville et elle me le rendait bien. Je croyais avoir atteint des sommets dans le drame, quand une voiture a ni plus ni moins roulé sur le pull en cachemire que j'avais acheté la veille. Je devais tellement faire de la peine qu'un taxi plein s'est arrêté et m'a proposé de monter devant pour me déposer où je voulais. Le truc, c'est que j'avais nulle part où aller, alors quitte à être seul autant être dans le quartier gay à Castro, je lui ai donc dit : « Castro Hotel. » Je crois que cette nuit-là restera la nuit la plus sombre de l'histoire de mon humanité, quand il m'a conduit dans Chinatown.

– Monsieur, j'ai dit Castro Hotel, dans Castro.

– On est à l'unique Castro Hotel de San Francisco. Je suis désolé, petit, faut que tu descendes, j'ai des clients à l'arrière.

Je me suis retrouvé avec une valise sans manche qui ne ferme plus, tous mes paquets Armani et mon autre énorme valise devant un hôtel sordide à 25 dollars la nuit. L'avantage, c'est que, comme je ne peux plus aller nulle part avec ces valises, je pourrai au moins les poser dans un lieu fermé à clé ; je respire donc un grand coup, pousse la porte et me retrouve face à un énorme escalier qui mène à l'accueil (évidemment sans rampe ni quelqu'un pour m'aider à monter). Heureusement, c'est tenu par des Français. Quand le type de la réception, très gentil au demeurant, me fait visiter ma chambre et que nous croisons dans le couloir un mec poilu d'environ 120 kilos torse nu, je lui demande d'où il sort et il me dit qu'à ce prix-là il n'y a qu'une douche et qu'un W-C sur le palier. À cet instant précis, je sens que j'ai mis les pieds en enfer. Lorsque la porte s'ouvre et que je vois une chambre minuscule avec une vieille moquette poussiéreuse, des rideaux en velours vert troués dégueulasses et le couvre-lit qui a dû être cousu par un berger au Moyen Âge, je m'assois sur la première chose que je vois de propre, en l'occurrence une chaise en bois rafistolée, et regarde autour de moi, mais toujours pas de caméra cachée. J'ai l'impression que je vais finir ma vie ici dans cet hôtel à trois sous, qu'on va me voler mon passeport et que je vais être vendu au marché noir. *I'm a drama queen*, je sais !

Deux heures plus tard, alors que je retourne dans ce taudis récupérer mes bagages pour les déménager dans un « vrai » hôtel, Jason est là, il m'attend. Je refuse de lui parler, je ne veux même pas savoir comment il m'a retrouvé, il me tient le bras, je le pousse violemment, j'ai envie de me battre, il le voit et me prend dans ses bras, je le repousse encore plus fort et ça dure cinq bonnes minutes comme ça. Après cette parade, il m'explique qu'il est allé dans tous les hôtels de Castro en demandant si un Français un peu hystérique venait d'arriver, son dernier espoir était Castro Hotel. Il s'est excusé pour Kim et m'a supplié de revenir. Pour me montrer sa bonne foi, il m'a emmené passer la journée à Sausalito, un petit port de pêcheurs de l'autre côté du pont, pour qu'on soit que tous les deux et qu'on recolle les morceaux. C'est la première fois depuis que je suis ici qu'il va aussi loin dans sa remise en question quand il me parle de lui et de son comportement.

Je crois que, ce jour-là, c'est la dernière fois de ma vie où je l'ai embrassé.

9

Back to reality

Je n'arrête pas de penser à Roman, je n'arrête pas de me dire qu'il ne m'aurait jamais fait ça. Il a un look un peu différent, et alors, c'est si dramatique ? Je repense aussi à Timothée... On n'a pas eu l'occasion de s'expliquer, finalement... Une chose est sûre, c'est que ce connard de Jason a vraiment cassé quelque chose, c'est la première fois de ma vie que je me fais avoir à ce point, c'est encore pire qu'avec Tim. J'ai certainement été malgré moi un salopard avec plein de types ; c'était normal que la roue tourne mais là, j'ai l'impression de payer bien cher la facture de mes excès.

Le lendemain de Sausalito, Jason m'a emmené faire un tour sur Baker Beach et, alors qu'on était en train de marcher sur la plage, je lui ai demandé de me faire visiter la forêt ; et là-haut, sur la falaise, tout a basculé dans ma tête. J'ai revu le film de mon séjour ici et j'ai eu envie d'en finir, de le pousser, de faire ce geste simple d'un enfant énervé. Je voulais qu'il paie pour tout le mal qu'il m'avait fait. Comme il ne se remettrait jamais en question, le seul moyen d'en finir et d'avoir le dessus, c'était ça. Toi-même, je suis sûr que t'as fait des choses que tu n'aurais pas imaginées par amour. Suivre un mec car tu ne lui fais pas confiance, supplier ton copain de ne pas te quitter parce que t'es convaincu que ça peut s'arranger, tout un tas de trucs pas très glorieux qui révèlent une personnalité insoupçonnée en nous. Dire que je ne le connaissais pas il y a quatre mois... Tomber amoureux, c'est ça ? Laisser l'opportunité à une personne de s'immiscer dans ta vie et de te blesser, te décevoir ou carrément t'anéantir ? Comment j'ai pu être aussi bête ? Je m'en veux... Même pas les couilles de le pousser.

La veille de mon départ, il m'a emmené dans le seul restau, à peu près potable, que j'avais apprécié pendant mon séjour et notre dernier tête-à-tête a vite tourné au face-à-face. Le lendemain il m'a déposé devant l'aéroport, j'ai pris mes valises, je ne l'ai pas regardé et je suis parti. Une fois les pieds dans l'avion, j'ai su que mon cauchemar était fini et j'ai pleuré mes vingt-cinq ans de retard. Les hôtesses se relayaient pour me consoler, et moi, la seule chose que je voulais, c'était du champagne ; avec l'altitude je crois que j'ai pris la plus grosse cuite de ma vie, et puis d'un seul coup ça s'est arrêté. Le robinet s'est fermé, j'ai réalisé que je pleurais pour ma déception mais que je ne pleurais pas pour Jason. En fait, en y réfléchissant, je ne voulais pas d'un mec comme ça, alors je me suis calmé. L'avion, c'est quand même quelque chose de particulier, passer au-dessus des nuages et rentrer chez toi, comme si ça n'avait été qu'un mauvais rêve, et que tu cicatrisais durant les douze heures de vol. Quelque part au-dessus de l'océan, j'en suis sûr, je ne l'ai plus aimé.

Comme si mon retour à la vie parisienne n'allait pas être assez difficile, j'ai découvert avec horreur en arrivant à Charles-de-Gaulle que j'étais défiguré. Avec l'alcool et l'altitude, mon visage avait doublé de volume !

J'ai tout de suite téléphoné à mes amis pour leur dire que j'étais rentré mais Karim faisait un shooting en Allemagne et Émilien était au bureau, j'ai donc appelé Manu, qui m'a proposé de l'accompagner en voyage d'affaires à Marrakech histoire de me requinquer, ce que j'ai accepté. Me voilà donc de nouveau dans les airs quatre heures plus tard ; maintenant que je suis réconcilié avec l'avion, il faut découvrir le monde. Je savais que j'allais devoir gérer tout ça, mais pas maintenant ; au moins que j'aie le temps de dégonfler et de prendre des couleurs. Le seul truc est que Marrakech, c'est sublime mais n'y va pas quand t'es déprimé, ça te met la tête sous l'eau. C'est une ville pour les amoureux, tout se fait par deux, tout est romantique. Tu te promènes dans la ville en calèche, tu te fais masser, tu dînes dans des palais, tu dors dans des endroits magiques et t'as juste envie de te tirer une balle en te disant que tu ne devrais pas être avec un ex mais avec l'actuel.

À mon retour, ça allait un peu mieux, en plus grâce à Allah j'ai bu un mauvais jus d'orange qui m'a permis de perdre les kilos amassés aux States, ce qui n'était pas du luxe. Une fois à l'aéroport, je me suis évidemment précipité sur le téléphone pour appeler Roman puis, après avoir longtemps hésité avec la version « Écoute, je pouvais pas me résoudre à te perdre, on a trop de choses à vivre, j'en suis certain, épouse-moi », j'ai finalement opté pour la sobriété :

– Ça s'est pas très bien passé, en fait, j'ai pas super envie d'en parler mais ça me ferait plaisir de te voir, t'es libre ?

– Ouais, en fin de semaine, carrément.

– Ça y est, t'acceptes de me voir à jeun à la lumière du jour ?

– On se croisera dans tous les cas, alors ça sert à rien de s'éviter !

Ouf, j'ai pas tout perdu en faisant ce voyage, le retour dans le taxi fut donc triomphal mais l'arrivée chez moi a été beaucoup plus difficile. Je n'ai pas encore été seul depuis les États-Unis, je voulais donc être seul avec moi-même et être seul avec soi-même, c'est vraiment dur. Surtout, quand je vois posé sur ma table le DVD de *The Holiday* (j'hésite entre vomir dessus et le jeter dans le canal). Je n'ai pas la force de dire aux gens que je me suis planté, même à Karim et Émilien, je n'ai pas envie de tout leur raconter. Et merde, me revoilà célibataire, ou plutôt célib' à terre, dans la jungle parisienne. Retour à la case départ, vous avez perdu 5 000 et vos illusions…

L'idée étant de m'occuper un maximum pour oublier cette sombre histoire, je me suis mis en tête de conquérir Roman et de faire de chaque moment passé ensemble un instant unique et mémorable.

Je lui ai donc donné rendez-vous vendredi à quinze heures à Balard et demandé d'apporter une veste en cuir et des lunettes de soleil. Une fois sur place, je l'ai emmené à la base aérienne faire un tour en hélicoptère. La tour Eiffel, le château de Versailles, etc., tout était génial sauf que j'étais mort de trouille, et mon visage avait la couleur d'une feuille de laitue ! Eh oui, je m'étais réconcilié avec l'avion, mais l'hélico, c'était peut-être un peu prématuré, visiblement, Émilien était aussi de mon avis.

– Tu l'as emmené faire de l'hélico pour votre premier rancard ? Mais c'est carrément too much.

– Oui, mais tu sais j'ai tellement besoin de vivre des trucs chics et beaux.

Toi qui sais ce qu'il s'est passé aux États-Unis, dis-moi que tu me comprends...

– J'espère qu'à ce prix-là tu l'as emballé.

– Mais non, c'est pas le but, l'idée, c'est de faire connaissance.

– Oui, mais t'es pas dans une série télé, Ellias, ton deuxième rancard, ça sera quoi ? Tu vas lui dire : « Prends un maillot de bain, je t'emmène nager aux Caraïbes » ?

– Génial, tu me donnes une idée.

Pour mon deuxième rendez-vous avec Roman, je lui ai demandé de venir avec un slip de bain et des gants.

Je l'ai emmené dans une patinoire qui fait aussi piscine, rancard pratique car tu peux d'abord voir s'il aime le risque et ensuite jauger la marchandise, et le moins que je puisse dire, c'est que ce garçon ne finira jamais de m'étonner.

– Karim, ça fait deux rancards et toujours pas de bisou, pourtant il m'avait embrassé en boîte, je comprends pas, c'est bizarre, non ?

– Arrête de perdre ton temps et reviens sur terre, il a un mec… et en fait… c'est pas le seul.

– Ah, je savais que t'avais quelqu'un, petit cachottier, raconte, ça fait combien de temps ?

– Bientôt quatre mois.

– Quatre mois ????????? Et tu nous as rien dit ?!

– Non, mais je voulais être sûr avant de t'en parler, je voulais pas te faire de la peine pour rien.

– Pourquoi tu me ferais de la peine ?

– En fait, tu le connais… C'est… c'est… c'est Chris.

– Chris ?… Christiano Maestracci ?!!!!!!!!!!!

– …

Au secours, je vais crever.

– Mais quand est-ce que vous vous êtes retrouvés, tous les deux ?

– Bah, tu sais, le soir un peu avant Noël, à l'Étienne Marcel.

J'ai raccroché, je ne peux même pas en entendre plus, ça me donne envie de gerber… Non mais, attends, ça veut dire que ça s'est fait le soir où j'ai rencontré cet enfoiré de Jason ?… C'est une blague, c'est pas possible… Je suis fou de rage, Karim, c'est comme un frère pour moi, je lui ai parlé mille fois de Christiano, pourquoi il me fait un truc pareil ? J'appelle immédiatement Émilien :

– T'étais au courant ?

– Bien sûr que non !

– Émilien ? Dis-moi la vérité.

– Oui, je le savais.

– Depuis quand ?

– Le premier soir. J'étais là quand ça s'est fait.

– Et vous m'avez rien dit ?

– Karim redoutait un peu ta réaction, il savait pas si ça allait être sérieux, et en plus le lendemain tu nous présentais Jason.

– Comment il a pu me faire ça ? Chris, c'était mon homme idéal, celui pour qui je me disais : « C'est pas grave si tu rencontres des cons, à Paris il existe quelqu'un de parfait et tu finiras ta vie avec. »

– Oui, mais franchement, Ellias, s'il avait dû se passer quelque chose entre vous, ça se serait déjà passé depuis longtemps, et puis sois pas ridicule, tu devrais être heureux pour lui !

– Vous êtes mes amis et ça fait quatre mois que vous me mentez… Allez vous faire foutre tous les deux.

Je viens d'aller au bout du monde pour me faire traiter comme une merde, j'essaie de me raccrocher à un mec qui a quelqu'un et mes potes me plantent un couteau dans le dos. Je pense qu'on peut le dire, je suis au top de ma carrière !

À l'époque de ma rupture avec Timothée, j'avais essayé trente-six trucs pour aller de l'avant dont le yoga et je me souviens que le prof m'avait expliqué qu'on était responsable de notre karma et que si on décidait d'aller mieux, on finissait par aller mieux, donc il est hors de question que je me laisse abattre. Première résolution pour avancer, jeter la brosse à dents de Jason : c'est stupide, il ne sonnera jamais à ma porte pour me faire ses excuses. Deuxième résolution, me faire couper les cheveux par Teddy : dans les moments difficiles, il a toujours su me remonter le moral, en plus, il va me raconter son histoire d'amour, au moins ça me changera les idées. Quel veinard, quand j'y pense, il a rien eu à faire, le mec a débarqué dans son salon, il a mis sa tête entre ses mains et l'affaire était jouée. Servi sur un plateau d'argent !

Quand j'arrive chez Hair Wave, tout le monde me regarde avec un air étrange, je ne comprends pas très bien, puis le patron, qui est à l'accueil, se dirige vers moi.

– Teddy est mort. Il s'est suicidé.

– Je vous demande pardon ?

Je n'en crois pas mes oreilles. L'histoire avec son copain aurait mal tourné. Il a avalé des médicaments. Je suis sonné par la nouvelle. Je le croyais tellement plus fort. LE CHOC... J'ai besoin de m'asseoir. C'est un cauchemar. Pas Teddy ? Un coiffeur archi folle qu'il déteste... détestait... quelle horreur... s'approche de moi :

– On laisse de la longueur mais on rafraîchit la nuque et les côtés ?

Je ne me suis pas fait couper les cheveux. Je suis abattu. Teddy, putain ! Je n'arrive même pas à réaliser. Qu'est-ce qu'il lui a pris ? Je suis sûr qu'il a fait ça sur un coup de tête, sans réfléchir... peut-être pas, remarque... Tout ça est trop con. En rentrant à la maison, j'ai repensé à la dernière conversation qu'on a eue, je revois encore son sourire et son enthousiasme en me parlant de son histoire d'amour... C'est insensé... Tous des salopards, il avait raison. J'ai passé la soirée à penser à lui et à son mec puis à me demander pourquoi je m'obstine tant à vouloir me mettre avec quelqu'un ? Parce que j'ai vingt-cinq ans et que ça y est, je suis un adulte ? Qui a dit ça ? Se mettre avec quelqu'un, pourquoi ? Pour se marier ? Est-ce que j'ai envie de me marier ? Devant tant de questions, je décide d'appeler ma grand-mère pour lui raconter mes malheurs mais elle me prend de court.

– J'ai pas de nouvelles de mon jardinier depuis deux semaines.

– Il est pas mort, au moins ?

– Lui, non, mais mes plantes, oui ! On l'a vu au port il y a encore trois jours.

– Tu déprimes ?

– Non, je fabrique du whisky, ça m'occupe ! Je vais pas me morfondre, quand même, il manquerait plus que ça, et puis, tu sais, j'ai jamais eu besoin de quelqu'un pour vivre.

– Waouh, t'es vachement forte ! Je sais pas comment tu fais, moi je suis nul pour les ruptures.

– Comment ça ?

– Ben, je suis allé aux États-Unis pour un mec qui s'est foutu de ma gueule et tout ce que j'ai réussi à faire, c'est m'accrocher à lui de toutes mes forces.

– Mais c'est très mauvais pour la famille, ça !

– Tu crois ?!

– Écoute, mon petit-fils, je vais te parler comme une mamie, il y a un proverbe qui s'est toujours vérifié : « Un clou en chasse un autre. » Occupe-toi, sors, trouve-toi quelqu'un, ça permet de penser à autre chose et d'oublier plus vite. Regarde, moi, pour passer le temps, je couche avec le fils du marchand de journaux... mais bon, le problème, c'est qu'il est nul au lit, faut tout lui apprendre, il a vingt-trois ans.

– Oh, mamie, je veux pas savoir ça.

– Oui, mais c'est pas à ta mère que je peux raconter ce genre de trucs.

– J'entends quelqu'un tousser, c'est qui ?

– Ben, c'est lui, il est à côté de moi, dans le lit.

Je crois que ma grand-mère est la seule personne qui pouvait réussir à me faire rire ce soir, elle est incroyable, elle me surprendra toujours.

Après avoir regardé mille fois mes photos avec Jason à Paris puis avoir écouté vingt-quatre fois *Je survivrai* de Larusso (elle non plus ne m'a jamais lâché), je décide d'ouvrir une bouteille de champ' et de boire une coupe pour Teddy, puis une pour Jason, une autre pour Roman, une pour Timothée et j'ai fini la bouteille avec Christiano. C'est donc à moitié ivre, excité par le champagne et triste que je me suis rendu seul au Raidd.

Le Raidd est le bar le plus sexy du Marais et le passage obligé de tous les touristes gays qui viennent visiter la capitale et qui ont envie de se rincer l'œil : toutes les demi-heures un mec ultra-musclé, avec une bite énorme, prend une douche à poil dans une cabine transparente et, crois-moi, c'est assez insolite. Cet établissement gâte ses clients, car si le shower-boy ne te plaît pas, tu peux te rabattre sur les barmans torse nu, qui sont toujours magnifiques. Je pense que ce qui serait très chic, ça serait de tenir une discussion philosophique ou politique au milieu de tout ça. Pour être très franc, je n'y suis jamais arrivé, mais j'y crois... En arrivant, je croise Tonya, l'ex-chanteur des Sister Queen, qui avait fait un carton à l'époque avec son tube *Let me Be a Drag Queen*, quand elle était encore Tony. Aujourd'hui, c'est une hôtesse chic et choc qui met du glamour dans ce bar, une fois par semaine. Je l'ai toujours trouvé très belle. En la voyant, je réalise que c'est la seule fille avec qui je pourrais coucher... Euh, je réalise aussi qu'il faut que j'arrête de boire.

– Teddy est mort.

– Je sais, mon cœur, c'est horrible.

– Il avait que vingt-huit ans, tu te rends compte, à cause d'un mec en plus.

– Y a que les guerrières qui survivent dans le Marais.

– Je suis passé au salon, j'ai l'impression que tout le monde l'a déjà oublié. J'te jure, j'en ai ras le bol de ce milieu de merde.

– Chéri, c'est un milieu très difficile, mais l'avantage c'est qu'on est une grande famille. J'adorais Teddy, et si on doit continuer à faire la fête, c'est aussi pour lui. Demande un verre au bar, je te l'offre.

Après deux verres, un mec un peu folle s'approche de moi mais je ne suis pas d'humeur.

– Salut, je te trouve super mignon.

– Excuse-moi, je comprends rien.

– Oui, je suis désolé, j'ai un cheveu sur la langue.

– Bah, enlève-le.

– T'es marrant, je t'aime bien ! Ça fait plusieurs fois que je te vois avec tes copains et que j'ose pas venir vers toi, alors quand je t'ai vu seul, je me suis dit : « C'est ce soir ou jamais. »

– Et pourquoi pas jamais ?

– Je te laisse si tu veux ?

– Non, reste, tu me fais rire.

– Ah, merci, c'est gentil… Tu fais quoi dans la vie ?

– Je me fais emmerder dans les bars.

– Moi je suis chanteur.

– Eh ben, ça doit être quelque chose !! Et tu chantes où ?

– En ce moment, je travaille chez Disney mais c'est passager, je te jure.

– Ne me jure rien, je m'en fous… Tu fais quoi chez Disney, la reine des abeilles ?!

– T'es méchant.

– Je trouve pas. Tu m'excuses, j'ai besoin de baiser.

Je me suis donc dirigé machinalement, deux rues plus loin, vers une boîte à cul. Ça fait des années que je n'ai pas mis les pieds là-dedans. À vingt ans, j'étais fasciné par ce genre d'endroits, je trouvais qu'il y avait un côté cinéma d'auteur-soirée Arte documentaire, ça me dégoûtait et ça m'excitait en même temps. Tous ces corps anonymes dans l'obscurité, les mains qui te touchent, l'odeur dégueu, les bruits… J'ai l'impression que dans les backrooms, tu ne peux pas tricher, c'est animal. J'entre donc dans le noir et immédiatement je sens comme une montée d'adrénaline, j'ai le cœur qui bat plus fort, j'avance tout doucement puis progressivement mes yeux s'habituent et je distingue des corps, j'avance encore un peu, je sens une main sur mon ventre, j'entends un mec jouir, je vois un peu mieux et je constate que… ça y va dans tous les coins. Je regarde un peu, je me balade, je pense à Jason, Chris, Teddy puis je vois un mec se faire prendre sans capote et je fredonne la chanson de Ferré *Avec le temps*.

À la galerie je farfouille
Dans les rayons de la mort
Le samedi soir
Quand la tendresse s'en va toute seule

Je décide de ne pas m'éterniser et de sortir. C'est là où je me rends compte que j'ai grandi, avant je pouvais tourner des heures, j'étais comme guidé, c'était plus fort que moi. Aujourd'hui, je suis trop hypocondriaque pour y rester plus de dix minutes… Bon, la vraie raison c'est que je porte des baskets Givenchy à 550, et je me dis qu'un accident pourrait très vite arriver. Je ressors donc de ce bar toujours bourré et encore plus excité. Je marche rue du Temple, je croise des regards, je souris, des mecs se retournent… c'est incroyable, ce que j'ai pu choper dans cette rue. Balade-toi en semaine vers deux ou trois heures du matin et tu croiseras des tas de mecs qui sortent de je ne sais où et qui n'ont envie que d'une chose… eh bien, ce soir, je suis un de ces mecs. Petit conseil, si quelqu'un te plaît et que t'as envie d'assouvir une pulsion, au bout de la rue il y a un porche toujours ouvert, crois-moi, ça évite parfois de ramener un inconnu chez toi et de laver une serviette. L'alcool a eu raison de mes problèmes, je ne pense plus à rien ni à personne, je veux juste du sexe. J'aurais pu en avoir tout à l'heure dans la backroom mais je ne suis pas à l'aise avec ça, on n'y voit rien, j'ai trop peur, j'ai l'impression que c'est un nid à microbes. En même temps, c'est idiot parce qu'un mec que tu rencontres en boîte, tu ne sais pas ce qu'il a fait trois heures avant et il peut aussi te laisser un souvenir une fois parti mais je crois que c'est psychologique, les boîtes à cul, c'est *no way*.

Je passe devant le CUD, ça a l'air plein à craquer, j'ai pas la force. Je télécharge Grindr et comme par magie je retrouve tout mon passé : ma photo de profil et mes favoris. Je suis étonné par la fidélité de cette application qui semble me dire : « C'est pas grave, on est là maintenant, t'as vu, on n'a pas bougé, on attendait que tu reviennes. » Je suis vraiment *drunk*…

7 mètres « Mec TBM », 12 mètres « Mec TTBM », 22 mètres « Mec soumis », 24 mètres « Plan à plusieurs », 28 mètres « Mec à fister », 31 mètres « 100 % Bottom », 760 mètres, mon lit ?

Un gars vient me parler, il cherche un troisième, il m'envoie la photo de son mec qui est plutôt floue, il ressemble à Roman. Je lui demande d'autres photos, on dirait lui mais je ne suis pas sûr du tout. Ce mec m'explique que c'est toujours lui qui choisit le troisième et qu'il fait la surprise à l'autre. Tu parles d'une surprise si c'était vraiment Roman ! Il me pardonnerait jamais de le mettre devant le fait accompli et chez lui en plus. En même temps, j'en ai ras le bol de ce truc bancal, j'ai envie de tout gâcher, de tout détruire et, d'un côté, ça ressemblerait à la providence.

J'arrive dans un grand appartement place des Vosges, c'est le mec de Grindr qui m'ouvre, il est plus mignon que sur les photos, je me déshabille, j'entre dans la chambre et c'est bien Roman. Qu'est-ce que je fais ? Je ne sais pas si j'assume. Lui est coincé entre le fait de devoir avouer à son mec qu'on « flirte » depuis quelque temps et le fait de voir notre fantasme se réaliser. Je ne lui laisse pas le temps de réfléchir et embrasse son mec, j'attrape la main de Roman au passage et la serre tellement fort que je pourrais la lui broyer. Grâce à l'ivresse, je trouve cette situation très romantique, genre Roméo & Roméo version moderne, obligés de coucher avec un troisième pour avoir le droit de faire l'amour ensemble. À part que, quand je commence à coucher avec son mec, je vois les yeux de Roman qui s'embuent de larmes qu'il retient et à ce moment-là je me dis deux choses : « Qu'est-ce qu'il est beau » et « Je sais qu'il ne voudra plus jamais me revoir ».

Quand ensuite vient notre tour, on se regarde et on sait que c'est maintenant ou jamais, et... c'est juste incroyable, je n'ai jamais fait l'amour comme ça avec quelqu'un, on dégouline de sueur, ça dure et ça dure, on ne veut pas jouir car on sait que ce sera notre première et dernière fois, son mec finit par aller prendre une douche ; au moment où il part, je dis :

– Je veux pas te perdre.

Il se contente de mettre sa main sur ma bouche et nos ébats reprennent plus intensément. Après avoir terminé la guerre, je suis parti sans le regarder et ensuite j'ai su que c'était fini. Je me suis senti comme soulagé d'un poids, comme si, en virant Roman de ma vie, j'avais résolu un problème. Restait à régler les autres. Tous les autres...

10

L'ÉPREUVE

Fâché avec mes deux meilleurs amis, abandonné par Teddy, trahi par Chris, je n'ai pas entamé la semaine sur les chapeaux de roue. La seule chose qui m'ait à peu près redonné le sourire, ça a été de me dire que j'allais pouvoir retourner au sport et profiter des vestiaires. C'est donc ce que j'ai fait, et je dois t'avouer que j'ai la peau qui va tomber en lambeaux à force de rester des heures dans le hammam… Je me suis aussi inscrit à un cours de boxe, histoire de sortir ce que j'ai dans le ventre, et j'ai également fait connaissance avec un nouveau coach. Il s'appelle Steven, il est musclé à outrance et me fait penser à Gérard, de la série *Les Filles d'à côté*, en plus trash. Je l'adore, mais le seul truc c'est qu'il a le don de faire des monologues interminables pendant que toi t'es en train de crever.

La dernière fois que je l'ai vu, voilà ce qu'il m'a dit, alors que j'essayais tant bien que mal de soulever une barre qui faisait quatre fois mon poids pour essayer d'épater un mec canon qui faisait du rameur juste en face :

– T'as vu mon nouveau short, t'aimes ?... J'ai pas mis de culotte ! Ah là là, je suis déprimé, si tu savais, ça va bientôt être l'anniversaire de mon mec et je vais encore devoir le sauter, quelle horreur ! Heureusement que je suis actif que pour Noël et son anniversaire, sinon je deviendrais folle ! Allez plus que 48, courage, honey, il te regarde !

Je le connais depuis quatre jours et je lui raconte déjà ma vie, je sens que ça va devenir mon nouveau confident, c'est peut-être lui le « clou » dont ma grand-mère parlait ?

Ça fait à peu près une semaine que je n'ai pas donné de nouvelles aux garçons, entre cette histoire avec Chris et le drame de Teddy j'ai l'impression qu'ils ne comprendraient pas ce que je ressens. Et si je travaillais ? Ça fait au moins six mois que je n'ai pas créé une vraie toile, à chaque fois que je croise des gens et qu'ils me demandent ce que je fais en ce moment, je leur réponds : « Du shopping », une fois c'est rigolo, deux fois c'est déjà moins drôle. Je ressors les tableaux que mon petit frère m'a peint à Noël, j'ai envie d'en faire un que je vais appeler « Chagrin d'amour » : je vais coller des morceaux de pochettes de disques vintage de chansons tristes, du pop-corn et des lames de rasoir sur un fond de coquelicots peints à la gouache, puis un autre que je vais appeler « Cinq à sept » avec un numéro de téléphone sur du papier froissé, une clé d'hôtel et un pistolet fluo. Je commence à m'y mettre et, très vite, je me rends compte que l'inspiration revient. Au bout de trois tableaux, j'ai envie d'aller chiner aux puces des trucs insolites, d'appeler la galerie et de refaire une expo.

En deux jours, j'ai déjà réalisé cinq tableaux et je me sens pousser des ailes. Ça me redonne confiance en moi et je n'ai plus le temps de penser aux problèmes, je décide donc de tenter l'ultime test : aller sur le Facebook de Jason et voir ce que ça me fait. Eh bien, à ma grande surprise, ça va, j'ai évidemment un pincement au cœur quand je vois une photo récente avec le polo que je lui ai offert, mais bon, rien de bien méchant. Je le vire donc dans la foulée de Facebook, de Skype et de WhatsApp. Je jette aussi l'échantillon de *Méchant Loup*, que j'ai reniflé pathétiquement une fois ou deux parce qu'il le portait à Paris. J'ai l'impression de savoir ce que je veux et surtout ce que je ne veux plus. C'est pourquoi je décide d'appeler Karim.

– Dis-moi que Christiano est un très mauvais coup.

– Le pire coup de la Terre !

– Ah bon ??

– Mais non... Tu me manques, morue.

– Toi aussi.

Et, vingt minutes plus tard, on était réunis tous les trois avec Émilien au Who's comme au bon vieux temps. Ce soir-là je leur ai tout raconté de San Francisco, de mon expo, de Teddy, de Roman, et bien évidemment j'ai pardonné à Karim. Pour fêter nos retrouvailles, on est allés aux Crazyvores et on a dansé jusqu'à six heures du mat', ce soir c'était nous les dernières démarques mais on s'en foutait, on était réunis et on s'est juré que le garçon qui pouvait foutre ça en l'air n'était pas né. Une semaine plus tard on allait de nouveau se retrouver mais cette fois pour un événement qui n'arrive qu'une fois dans une vie : Karim défile pour mon créateur préféré dans mon hôtel préféré à Paris. Dit comme ça, ça a l'air de rien, mais, quand tu penses à la probabilité que ça se produise, c'est énorme !!

À peine arrivé, je repère un garçon très séduisant avec une bouche incroyablement sexy, assis juste en face, de l'autre côté du tapis. Le défilé commence et je suis aux anges. La collection est démente, Karim est très beau et le bel inconnu ne me lâche pas du regard. Une question technique que tu as déjà dû te poser me traverse l'esprit : moi je n'ai pas l'impression de le regarder alors que lui le fait avec insistance, mais si je le vois, je suis dans son champ de vision, donc lui aussi doit se dire que je le regarde ?! Heureusement cette parano est interrompue par l'arrivée de la ceinture de mes rêves, parfaite pour cet été, et lorsqu'elle arrive à son niveau, je me rends compte qu'il me sourit carrément. Étant vulnérable à cause de l'émotion provoquée par la ceinture, je capitule et lui rends son sourire. Ça y est, cette fois, champ visuel ou pas, je suis grillé. Une fois le défilé terminé, alors qu'il continue à me **** du regard, emporté par l'euphorie de ma troisième coupe, je décide d'aller trinquer.

– Bonsoir.

– Bonsoir, je suis désolé, je t'ai regardé pendant tout le show.

– Sois pas désolé. On va faire un tour en bas ? Il y a une piscine.

– J'ai pas de maillot de bain.

– J'ai pas envie de nager.

Sans même attendre sa réponse, je fends la foule en m'interdisant de me retourner et en espérant qu'il me suive ; je descends et entends des pas derrière moi dans l'escalier. Et là, surprise, toute la collection qui vient de défiler est sur cintres, je regarde tout, il s'approche :

– Vous cherchez une taille, peut-être ?

– Je sais pas, ça a l'air un peu petit pour moi.

– OK, je vais aller voir en réserve.

Je lui souris, il tourne la poignée de plusieurs portes, une s'ouvre, je le suis et on se retrouve dans un endroit qui semble être la lingerie. Il s'agenouille et me dit, tout en baissant ma braguette :

– Tu vas penser que je fais ça tout le temps.

– C'est pas mon genre.

Un peu plus tard en ressortant, je recroise la ceinture, elle est là, suspendue et triomphante, l'inconnu gourmand me lance :

– Tu la veux ?

– Tu vas la voler ?

– Elle est à portée de main et elle te plaît, alors, oui, je vais la mettre dans mon sac pour toi.

Voilà comment ce charmant garçon me fit plaisir une seconde fois, comme quoi le bonheur ça tient aussi à un concours de circonstances.

Lorsque je remonte, je constate que je n'ai pas été le seul à qui l'alcool a tourné la tête, car j'entends Émilien qui dit à un type :

– Je suis un cœur à prendre… enfin y a pas que mon cœur qui est à prendre.

Alors que je me dis que Karim ne nous invitera plus jamais à un défilé, il nous rejoint et nous supplie de l'accompagner à l'anniversaire d'un photographe très célèbre, ce qu'on accepte sans négocier en pensant qu'il y aura des pédés et du champagne. Lorsqu'on arrive, c'est la quatrième dimension. Le photographe nous accueille avec la tête dans un cadre en forme de soleil qu'il tient sur ses épaules et nous on fait semblant de s'extasier devant ce truc car Karim nous souffle que c'est la maison Chanel qui le lui a offert. Honnêtement, je suis allé dans des centaines de fêtes, mais je n'ai jamais vu autant de trav', de trans', de mannequins défoncés et de SDF dans un même endroit, c'est incroyable, j'ai l'impression d'être dans une soirée Paris Dernière.

Alors que je vais prendre un verre, je tombe sur Roman, on se regarde puis on part dans des directions opposées, je ne me sens pas très bien mais je sais que ça passera. Karim fait des mondanités et Émilien fonce vers le buffet où se trouve Marcus, le célèbre mannequin qui fait la pub en ce moment pour les caleçons Calvin Klein, il est très beau mais a la réputation d'être le mauvais cliché du top model qui n'a pas inventé le fil à couper le beurre. Émilien tente une approche :

– Goûte la terrine de rouget, elle est à tomber.

– Non, merci, j'aime pas trop la viande.

– Mais c'est du poisson, le rouget.

– Ah oui, bien sûr… c'est parce que j'ai entendu « terrine ».

– Fais attention, t'as une tache sur ta chemise.

– Oui, mais c'est une tache de naissance… Je plaisante… C'est drôle, non ?

– Ouais, super drôle. On va chez toi ou chez moi ?

– Chez toi !

– OK !

Voilà comment il est reparti avec une gravure de mode qui fait fantasmer tout Paris. Ah là là, si c'était toujours aussi simple que ça… En passant, j'entends Marcus qui dit :

– J'ai l'impression de pas marcher droit, pourtant j'ai bu que deux coupes, tu crois que le sol est gondolé ?

– Chut !

Je ne peux m'empêcher de tourner la tête pour rire, c'est à cet instant que j'aperçois un enfant qui doit avoir cinq ou six ans s'amuser avec des jouets tout seul dans un coin, il fait sa vie sans se préoccuper du monde autour et je le regarde admiratif jusqu'à ce que je me rende compte qu'il est déjà très tard. Je vais voir le photographe, qui n'a toujours pas lâché son soleil des mains, j'ai envie de lui demander : « Au niveau de la tendinite, ça se passe comment ? » Mais, moins téméraire, je me contente de :

– Il y a un enfant tout seul à ta fête.

– C'est mon fils.

– Ah, OK, je veux pas être impoli, mais il est déjà une heure, tu devrais pas le coucher ?

– Oh non, t'en fais pas, il est en plein jet-lag, il vit à Los Angeles, il est venu pour mon anniv', il repart demain, il récupérera dans l'avion.

– Ah bah, oui.

Ça a l'air tellement évident pour lui que je me suis presque senti bête d'avoir posé la question. Karim me sauve :

– Qu'est-ce que tu fais ?

– Je regarde ce petit garçon qui joue à la tête à coiffer et je me dis que ça va faire un gay névrosé de plus.

– Ou un hétéro très *friendly*, t'en sais rien.

– Tu penses qu'on commence à devenir homo à quel moment ?

– Je sais pas, en écoutant des vieux disques de Lara Fabian.

– T'imagines que ce gamin, ça a été le spermatozoïde le plus efficace, il a gagné la course… On est tous des champions, en fait.

– Ouais, ben, parfois y a des courses qu'il vaut mieux perdre.

– Ou pas ! Bon, allez, je peux t'avouer un truc, tout à l'heure, à l'hôtel, dans la lingerie, je me suis fait ce type là-bas avec le nœud pap'.

– Tu plaisantes, Ellias ?

– Tu m'en veux ?

– C'est Clément Chevallier.

– Tu le connais ?

– Il est mannequin et… il paraît qu'il est séropo.

La nouvelle me fait dessoûler en un quart de seconde.

– T'es sûr de toi ?

– Bah, c'est qu'une rumeur, mais c'est tellement énorme, je sais pas qui aurait pu inventer un truc pareil.

Ça se mélange dans ma tête, je ne peux pas être dans le flou et en même temps je ne peux pas aller le voir et lui dire : « Excuse-moi, t'as le sida ? » Oh, putain, quelle angoisse... si c'est vrai... Tant pis, faut que je sache, je m'avance vers lui :

– Clément, ça va ? Tu passes une bonne soirée ?

– Comment tu connais mon prénom ?

– J'ai entendu quelqu'un t'appeler comme ça tout à l'heure.

– OK ! Tout à l'heure, c'était pas trop ce qui te préoccupait.

– Ah bah, toi non plus.

– Exact.

– Écoute, je sais pas comment te dire ça, tu vas me prendre pour un cinglé mais voilà, j'ai pas trop l'habitude de faire des trucs comme ça avec un inconnu.

– Et tu veux me demander ma main ?

– Pas vraiment, en fait, voilà, je suis un peu hypocondriaque et j'ai une règle avant de coucher avec un mec, c'est de lui demander s'il est en bonne santé, enfin tu vois ce que je veux dire, et là avec le champagne j'y ai pas pensé et depuis je culpabilise, je sais qu'on n'a pas pris un grand risque mais...

– Rassure-toi, j'ai rien, tout va bien.

– OK, c'est cool.

À l'instant où je prononce ces mots, je vois dans ses yeux qu'il ment et puis l'instant d'après je me dis que dans le milieu de la mode il y a plein de gens qui lancent des fausses rumeurs par jalousie et que je ne dois pas m'en faire, mais, très vite, je recommence à douter ; bref, c'est la merde. Je ne peux pas être insistant et faire le relou, il m'a déjà répondu. J'essaie donc de faire sa connaissance. Il est plutôt gentil, il me drague un peu, il est sympa mais je sens qu'il y a un truc bizarre chez lui. Très vite, on s'éclipse de la soirée et il me propose de me raccompagner, j'accepte car je veux en avoir le cœur net. Pendant tout le trajet, je ne parle que de ça, mon hypocondrie, mon dernier test et je me dis : « Arrête, il va te prendre pour un malade mental », mais je n'arrive pas à m'arrêter. Sur le trajet il me dit à trois reprises qu'il n'a rien puis, arrivé en bas de chez moi, il fond en larmes et m'avoue qu'il est séropo. LE CHOC.

Je le prends dans mes bras parce qu'il pleure, que j'ai un cœur et aucune envie de le rejeter pour qu'il se sente encore plus mal qu'il ne l'est déjà. Je l'invite à monter par politesse mais, dans l'escalier, j'ai le sentiment que ma vie ne sera plus jamais comme avant.

11

Rehab

Je crois que je ne me suis jamais senti aussi mal. Je n'ai pas fermé l'œil de la nuit. J'ai dormi avec Clément, je ne pouvais pas lui demander de partir. Il m'a tout expliqué : il est malade depuis l'âge de vingt et un ans, ça faisait quatre ans qu'il était avec son mec, c'était son premier, pareil pour l'autre, du coup ils ne se sont jamais protégés et, quand ils ont rompu, il a fait le test pour son nouveau copain et il a appris qu'il était positif depuis un an et demi. Non content de l'avoir trompé, ce connard ne s'était pas protégé. Il m'a parlé de son traitement, du changement d'attitude de ses mecs quand il leur annonce, de son envie d'en finir parfois. Je lui ai demandé pourquoi il ne m'a pas dit la vérité quand je lui ai posé la question, il m'a répondu qu'on n'avait pas pris de risque et qu'il ne voulait pas m'inquiéter pour rien. C'est raté.

Depuis qu'il est parti, je tourne en rond. Il m'a sucé sans capote, a priori c'est pas dangereux mais on ne sait jamais, avec le bol que j'ai eu ces derniers temps... Les garçons me rassurent au téléphone mais je sens dans leur voix qu'ils sont un peu inquiets. J'appelle Sida Info Service, je tombe sur une nana qui, je pense, veut m'achever.

– C'est un rapport sexuel, bien sûr qu'il y a un risque.

– Vous êtes sûre, parce que j'ai lu...

– Je sais ce que je dis, vous savez si votre partenaire avait des plaies dans la bouche, un aphte, une gingivite ?

– Comment je peux savoir ça, je suis pas dentiste ?!

J'ai raccroché et j'ai rappelé les garçons, catastrophé. Ils m'ont tous les deux expliqué que Sida Info Service, c'est la roulette russe, un peu comme quand tu vas à l'hôpital pour ce genre de trucs, soit tu tombes sur quelqu'un de très alarmant, soit de très rassurant. Je rappelle donc le 0800 840 800 et je tombe sur un mec qui m'explique que le risque zéro n'existe pas mais que pour un rapport oral il faudrait que l'autre ait la bouche en sang et que ce n'est pas non plus une maladie qui s'attrape en un claquement de doigts, bref je le trouve adorable car il me dit exactement ce que je veux entendre. Je décide d'aller au sport pour me changer les idées et évacuer le stress, Steven me réconforte comme il peut :

– Il y a aucun risque, tu flippes juste parce qu'il te l'a dit, mais pense à tous les mecs avec qui t'as couché et qui te l'ont pas dit.

– Et c'est censé me rassurer, ça ?

– Ben oui.

– Super, maintenant je vais aussi m'inquiéter pour les autres.

Je repense à Jason, Roman, à tous mes plans Grindr… Et si une capote avait craqué ou si un mec avait percé une capote volontairement ? Je deviens dingue et parano. Mon médecin n'a pas jugé nécessaire de me donner la trithérapie du lendemain mais m'a prescrit le test P24, qui permet de remonter à deux ou trois semaines au lieu des trois mois habituels. En me renseignant sur Internet je tombe sur un article du *Figaro* qui m'apprend qu'« on estime qu'entre 1 homosexuel sur 5 et 1 homosexuel sur 8 sont séropositifs et que statistiquement un homo de vingt-cinq ans a mille fois plus de risques de rencontrer un partenaire séropositif qu'un hétérosexuel du même âge ». Ces chiffres m'alarment. Je ne me suis jamais vraiment intéressé au sujet parce que je me suis toujours protégé. Puis, alors que ça ne me ressemble pas du tout, je me dis que si je l'avais, tout serait peut-être plus simple, ça pourrait être l'orgie en permanence, je pourrais aller dans tous les bordels de la ville et faire ce que je veux sans aucune restriction, ce qui serait super excitant… Sauf que je pourrais aussi me surcontaminer et mourir deux fois plus vite et ça, c'est déjà moins excitant…

Je décide quand même d'aller faire un premier test pour savoir où j'en suis actuellement, histoire de réduire un peu ma trouille. N'ayant aucune patience pour ce genre de trucs, je me souviens que Mylène m'avait dit qu'elle faisait des tests sur le doigt, ce qui évitait la prise de sang et l'attente, puisqu'on a le résultat en quinze minutes. Mylène est docteur dans le Marais et, avec un prénom aussi prédestiné et ayant une tonne d'amis homos, elle a créé un *tea dance* gay intitulé « Love is Mylène ». L'ambiance est plutôt happy, chacun porte un sticker sur lequel il y a noté des trucs genre « Don Juan » ou « Catin », et tu peux évidemment laisser des mots sur un tableau. Face à l'engouement, elle a créé une deuxième soirée le samedi, « Doctor Love », dans un lieu beaucoup plus grand, avec une clientèle un peu plus âgée. Le mercredi Mylène bosse au Kiosque, où on pratique ce fameux test sur le doigt.

J'arrive, l'atmosphère est très détendue, pas de blouses blanches ni de musique d'hôpital. Je vois Mylène en entretien, c'est très cool, elle se montre rassurante, puis je passe avec un infirmier pour le fameux test révolutionnaire. Il place un petit objet sur le bout de mon doigt, qui va faire un mini-trou, ce qui va permettre de prélever une goutte de sang. Pas de quoi fouetter un chat et apparemment, c'est indolore.

Let's go. Waouh, c'est très désagréable, j'ai l'impression d'avoir mis le doigt dans une agrafeuse, je sens que je vais tourner de l'œil. Il presse mon doigt pour sortir le sang, je me sens carrément mal. Le sang ne sort pas, il appuie mais ça ne sort pas. Il presse de toutes ses forces mais rien n'y fait. J'essaie de compter tous les mecs que je me suis faits depuis mon dernier test. La goutte sort enfin. Dix minutes plus tard, il y a un bip et c'est négatif.

Ce qui veut dire qu'avant cette histoire je n'avais rien, ça serait vraiment pas de bol pour une pipe, bordel.

Je décide de me plonger dans mon expo et bien évidemment de créer des tableaux qui traitent du sujet. Je récupère des vieux résultats que je découpe, des photos d'hommes nus, des plaquettes de médicaments, et je crée. Puis ça devient comme une évidence, j'ai envie de m'investir à ma manière et de soutenir la cause, en reversant une partie de la somme des tableaux vendus à une association. J'en verse déjà une partie sur un compte pour mon frère à qui je ferai la surprise quand il sera majeur, alors c'est sûr que ça me fera moins d'argent mais je m'en fous, je ne fais que du collage, après tout, et puis je me dis qu'au moins mon imposture servira à quelque chose. Me voilà donc, sans l'avoir prémédité, un artiste engagé, ça fait cliché à mort mais je m'en tape. J'appelle la galerie, ils me disent que c'est un très bon coup marketing et qu'ils appellent tout de suite l'attachée de presse ; je crois qu'ils n'ont rien compris à ma démarche mais ce n'est pas grave, je me dis que s'ils en parlent, ça attirera plus de monde, je vendrai plus de tableaux et tout le monde sera content au final.

Karim et Émilien ont été exemplaires, pendant tout le mois ils ne m'ont pas reparlé de ce test et ont fait comme si de rien n'était. M'étant mis en tête de faire toute une série de tableaux avec des guirlandes électriques, j'ai beaucoup bossé et pas trop eu le temps de les voir. Je sais juste que Karim file toujours le parfait amour et que, comme l'amour ça rend encore plus beau, il enchaîne les shootings, et qu'Émilien, fidèle à lui-même, sort avec des jumeaux.

Ils m'ont tous les deux téléphoné ce matin pour me proposer de m'accompagner mais j'ai décidé d'aller seul faire cette prise de sang.

Je pousse la porte de ce laboratoire et, comme à chaque fois, j'ai l'impression d'entrer en enfer. Il y a une ambiance solennelle, tu sens que dans cet endroit des centaines de vies ont basculé dans le cauchemar et je n'ai aucunement envie que ce soit mon tour. Je sens l'angoisse qui monte. L'infirmière m'appelle, j'entre, fais un peu d'humour, visiblement elle n'a pas très envie de rire ; je lui raconte ma mésaventure et lui demande conseil, elle me dit qu'elle ne sait pas, que je verrai le résultat ; pourquoi elle ne ment pas pour me rassurer ? Et puis cette musique, ils peuvent pas mettre autre chose ? C'est quand même dingue, cette musique classique, j'ai l'impression d'être le héros d'une tragédie. Je m'assois sur le fauteuil, lui demande de m'allonger, et là j'ai juste envie de m'enfuir. J'ai l'impression d'être dans un couloir entre la vie et la mort. Le temps est suspendu et je ne me sens pas bien du tout, je repense à ma vie, mes excès, je me dis que je me mets en danger tout seul et que si j'avais quelqu'un j'en serais pas là. Je regarde la seringue se remplir et ça m'achève, c'est pire qu'au Kiosque ; j'ai toujours passé les tests sans problème, je ne sais pas pourquoi je me mets dans des états pareils.

– Ça va aller, jeune homme ?

– Non, ça va pas du tout.

– C'est terminé, je vais vous chercher un sucre, je reviens.

Et je reste là, recroquevillé sur ce fauteuil en train de chialer sur Beethoven. Pourquoi je suis allé me faire sucer par ce type, pourquoi je couche autant, qu'est-ce qui ne va pas chez moi ?

J'ai attendu six heures avant d'avoir le résultat, les six heures les plus longues de ma vie, puis le verdict est tombé : je n'ai rien. Je savais que je n'avais pas pris un énorme risque mais j'ai quand même le sentiment que la vie vient de me faire un sacré cadeau. En rentrant, je me suis assis sur un banc en face du canal et j'ai réalisé que cette expérience m'a donné envie de changer, quand je pense à la quantité de types que j'ai eus dans mon lit, je me dis que ça n'a pas de sens. Tous ces gars m'ont vu à poil, ont partagé leur intimité avec moi, et si j'en croise un, je ne suis même pas sûr de le reconnaître.

Je sais que ça ressemble aux résolutions qu'on prend quand on vient de recevoir une bonne nouvelle et qu'on ne tient jamais, mais là j'ai vraiment envie de me faire cette promesse. J'ai eu aussi envie d'appeler mes parents et de leur dire que si j'ai besoin de tendresse, c'est probablement de leur faute. J'ai l'impression que si je ne règle pas certains trucs, je n'arriverai pas à rencontrer la bonne personne, ça fait psychologie de comptoir à deux balles mais je crois que c'est vrai.

Deux semaines plus tard, j'étais de nouveau mort de trouille, mais pour une autre raison : mon vernissage.

Après avoir changé cinq fois de tenue, j'ai finalement opté pour un look décalé rétro avec des grosses bretelles, des lunettes de vue imposantes, et je porte bien sûr le ruban rouge. Quand j'arrive, je vois que l'attachée de presse a bien fait son boulot, il y a des photographes, des acteurs, des jolies filles et puis bien sûr, comme toujours dans ce type d'événement, il y a des spams.

J'appelle « spam de soirée » toute personne qui ne figure pas sur la liste et dont la présence te fait profondément chier. Ça peut être un ex que tu n'as pas envie de voir, un pote qui est venu avec un ami qui est super lourd ou quelqu'un qui va vomir dans les toilettes au bout de deux verres, quand ce n'est pas sur tes chaussures. Bref, toutes ces personnes indésirables mais qui ont réussi à être là.

En tête de liste figure Martin, un comédien raté avec qui j'ai fait l'erreur de sortir il y a six ans et que j'ai fini par quitter car il m'avait foutu la honte en piquant le miroir des toilettes au Trésor, depuis il raconte à tout le monde que c'est de ma faute s'il voit un psy. Je me demande bien comment il a fait pour avoir un carton d'invitation, il a peut-être sucé le facteur ?!

Je vais le voir direct et lui demande de s'en aller pour deux raisons : premièrement je suis au courant de tout ce qu'il raconte, et deuxièmement comment il ose se pointer à mon vernissage avec une fausse ceinture Dolce & Gabbana, il est sérieux ! Entre nous, qui est assez naïf pour croire que Gabbana, ça prend un seul *b* ?! Il part et c'est donc beaucoup plus léger que je prononce mon discours de bienvenue. Exercice que je déteste, sachant qu'on m'a dit : « Il faut que tu présentes ta vision des choses et ce qui t'a inspiré en moins de deux minutes chrono. » Ayant décidé de faire le ménage dans ma vie et d'être honnête avec moi-même, j'ai envie de dire que nous sommes en réalité deux artistes, puis très vite j'imagine le sourire de Martin en apprenant la nouvelle, et je sais aussi qu'après ça je ne vendrai plus une toile. Je joue donc le jeu et en profite pour inciter les gens à s'investir dans une association. Une fois ce discours fini, je peux me ruer sur le champagne et rejoindre les garçons. Karim est venu avec Chris, ça serait mentir de prétendre que ça me fait sauter au plafond, mais je me dis que ça devait être comme ça et que Karim restera toujours Karim. Émilien, lui, est venu avec ses deux copains, qui sont vraiment canon.

– Alors comme ça, tu te tapes les deux ? Eh ben, tu t'ennuies pas, mon salaud !

– Arrête, je crois qu'ils sont tarés, aujourd'hui vous savez ce qu'ils m'ont fait ? Ils m'ont emmené au Père-Lachaise, on s'est arrêtés devant une tombe et ils ont dit : « Papa, on tient à te dire qu'on est gays tous les deux, et on te présente Émilien, c'est notre petit ami. »

– Et qu'est-ce que t'as dit ?!

– Ben, « Bonjour, monsieur » !

– Au moins, toi, t'as été présenté aux parents, moi ça va faire presque six mois que je suis avec Christiano et j'ai même pas eu un *buenos días* au téléphone.

– Arrête, il attend peut-être le bon moment pour leur parler de toi.

– Tu veux dire qu'il attend le moment où je sortirai du bloc opératoire et où j'aurai changé de sexe ? Chut, il arrive.

– Émilien, il y a tes amis qui se battent dehors.

– Quoi ?

– Ils peuvent pas se battre à mon vernissage ?!

Émilien est parti en courant, et moi j'ai parlé à un maximum de personnes pour empêcher les gens de regarder dehors. Plus tard, Émilien nous a raconté qu'ils s'étaient battus à cause de lui et qu'il avait pris cette bagarre comme un prétexte inespéré pour en finir avec eux.

La soirée a été un succès, tout le monde a semblé apprécier mon travail, je suis très heureux. Les tableaux vont rester dans la galerie tout l'été, j'espère que ça va marcher. Pour fêter ça, on est allés à la soirée de Mylène, la « Doctor Love », on a vu pas mal de nouvelles têtes, c'était cool et je l'ai bien sûr croisée.

– J'ai rien.

– Je suis contente pour toi, je ne vais pas te féliciter car il n'y a aucune fierté à ne pas être malade, mais souviens-toi juste de ce que t'as vécu et, surtout, continue à faire attention.

Et puis, sur un remix de *All the Lovers*, j'ai senti une main sur mon épaule, je me suis retourné avec un grand sourire et mon sourire s'est figé : Timothée, en face de moi. J'ai à peine eu le temps de réagir qu'il m'a pris dans ses bras tellement fort que ça m'a fait mal. J'ai retrouvé sa peau, son parfum, c'était très étrange, j'ai eu l'impression de tenir l'ours en peluche qui m'empêchait de faire des cauchemars quand j'étais gamin mais à part que c'était plus vraiment la même peluche. J'ai fini par le pousser et je suis parti. Il m'a rattrapé dans l'escalier.

– Fous-moi la paix.

– Je t'aime.

– Dégage.

– Je t'aime.

– Tais-toi.

– Je t'aime.

– Comment t'as pu me faire un truc pareil ?

– Je t'aime, Ellias.

– Pauvre type, va te faire soigner.

Je n'ai eu aucune explication, Dieu sait que je les ai attendues très longtemps, mais je n'ai rien voulu savoir. La dernière fois qu'il m'a dit « Je t'aime », je ne l'ai plus jamais revu et entendre ces mots sortir de sa bouche, je crois que m'a fait un déclic : ça m'a rappelé à quel point j'étais mal lorsqu'il m'avait laissé sans nouvelles et le temps que j'ai mis à m'en remettre.

On dit souvent que la vie c'est une question de timing, ce soir-là j'avais passé une soirée parfaite, il n'aurait pas pu choisir pire moment pour plaider sa cause. En plus, au lieu d'être calme, de me dire : « Je suis désolé, il faut qu'on discute, je vais t'expliquer » et de parler normalement, il m'a hurlé des « Je t'aime » qui puaient l'alcool et la drogue bon marché.

Quatre jours plus tard, alors que le bleu que j'avais sur le bras commençait à s'effacer, j'ai appris qu'il sortait avec Marc, l'ex-partouzeur d'Émilien. Ah, la magie du microcosme gay qui, pour une fois, ne pouvait pas mieux faire les choses…

12

Myko

Les beaux jours nous réservent toutes sortes de festivités où tous les prétextes sont bons pour s'encanailler et faire de nouvelles rencontres, la Gay Pride, la fête de la Musique et la fête à ne pas louper : le bal des pompiers de la rue du Jour.

L'espace d'une soirée, la caserne Rousseau devient l'endroit le plus branché et sélect de la capitale. Il faut savoir que des gens attendent parfois plus de deux heures pour se trémousser dans ce bal populaire revisité à la sauce gay. À l'intérieur, c'est juste énorme, t'as l'impression d'être au paradis : des pompiers torse nu et peu farouches, de l'alcool à trois fois rien et le Tout-Paris en short qui se bat pour accéder au luxe suprême : monter dans une chambre de la caserne. Imagine, toi tu voulais leur toucher le pompon pour faire un vœu, et finalement tu touches popol et tu n'as plus de vœu à faire car il vient de s'exaucer ! Je me suis toujours dit que si t'habitais dans le quartier et qu'il y avait le feu chez toi ce soir-là, t'étais foutu !

Tout le monde est habillé en Dior ou en Hermès, et mange des merguez-frites en pensant : « On s'en fout du luxe, on va se bourrer la gueule avec de l'alcool à trois sous et demain on aura mal à la tête mais on aura eu l'impression de s'être encanaillé et d'être vivant. » Et effectivement, le lendemain, tu te réveilles avec des valises à pas passer la douane et un mal de ventre qui te donne l'impression d'avoir ingurgité toute la bouffe d'un appartement ravioli, mais c'est pas grave car d'un seul coup te revient le vague souvenir d'un mec que t'as dragué, qui avait un pompon, c'était un caporal, tu crois qu'il t'a laissé son numéro en partant mais t'en es plus sûr, alors tu te lèves, mauvaise idée, t'as la tête qui tourne, tu rampes jusqu'à ta veste, tu fouilles et tu trouves un bout de papier chiffonné, ton cœur bat, il y a un numéro, et là c'est noté… 18, il s'est bien foutu de ta gueule. Tu te jures que tu ne remettras plus jamais les pieds dans ce bal de ploucs mais tu y retournes évidemment l'année suivante, c'est la fête nationale après tout, tu ne peux pas trahir ton pays. Et cette année encore, nous n'avons pas pu résister à ce plaisir chauvin et branchouille.

Mais à peine on arrive que Karim nous annonce :

– Je suis célibataire.

– Tu plaisantes ?

– J'ai une tête à plaisanter ?

– Qu'est-ce qu'il s'est passé ?

– Je checke mes comptes sur Internet et je m'aperçois que le 23 juin il y a noté « Key West ».

– Il faut jamais checker ses comptes.

– Je savais même pas que ça existait, le Key West, je suis jamais allé dans un sauna de ma vie, vous connaissiez, vous ?

– ...

– Bon, OK, je me suis souvenu que le 23 juin Chris était resté à la maison toute la journée parce qu'il se sentait pas très bien, je me suis dit : « L'enfoiré, il a piqué ma carte bleue et il est allé se taper des mecs avec. » Je lui ai hurlé dessus, il s'est mis en colère en me disant que c'était pas un voleur, qu'il allait pas dans ces endroits, qu'il avait été fidèle et qu'il voulait plus jamais me voir.

– C'était quoi, le montant ?

– 18 euros.

– Je vois pas Christiano voler 18 euros, et en plus en utilisant ta carte, ça serait vraiment très con de sa part.

– Tu sais, j'étais tellement énervé, j'ai pas réfléchi. Ni une ni deux, je suis allé au Key West avec une photo de Chris, j'ai demandé au type s'il l'avait déjà vu, le mec me répond : « Je peux pas te dire, j'ai une morale », je lui dis : « Chéri, t'as pas de morale, tu travailles dans un bordel », bref il a pas voulu balancer, donc je suis rentré pour questionner les clients et le barman.

– T'as pas fait ça ?

– Si, le problème c'est qu'il y avait plein de beaux mecs, moi qui avais jamais mis les pieds là-dedans. J'y ai passé l'après-midi. Mais j'ai rien fait, j'ai juste regardé.

– Mais c'est inhumain, comment tu peux aller dans un sauna sans rien faire ? C'est comme si t'allais à l'aéroport et que tu te mettais dans la salle d'attente juste pour regarder les autres partir en vacances.

– Non mais, Émilien, le pire, c'est que je suis devenu pote avec le barman, qui m'a expliqué que 18 euros, ça correspondait à un multiple de rien, c'est pas le prix de l'entrée, ni de l'entrée plus un verre, donc j'ai réfléchi et je me suis souvenu que ce jour-là j'étais allé au Point Soleil de la rue du Temple. Du coup j'y suis retourné, j'ai demandé et ils m'ont dit qu'effectivement quand tu faisais une CB c'était noté « Key West », c'est leur nom social ou je sais pas quoi. Vous vous rendez compte que j'ai perdu mon mec et que je suis allé pour la première fois de ma vie dans un sex-club à cause d'une séance d'UV ?

– Attaque-les en justice.

– Qu'est-ce que tu vas faire avec Christiano ?

– Je sais pas, mais je suis pas en position de faire le fier.

Et là, ça va peut-être te surprendre mais j'ai dit spontanément :

– Tu veux que j'essaie de lui parler ?

– Ça servirait à rien, je le connais, c'est fini. C'est quelqu'un d'hyper fier. J'étais amoureux de lui et j'ai tout foutu en l'air. Ah ! putain, encore célibataire.

– On est tous les trois célibataires.

– Vous savez quoi ? Faut qu'on parte, y en a marre de Paris, on en a fait le tour. On va aller au soleil, faire la fête, dans une destination où il y a plein de mecs, on va s'amuser, et toi, Karim, tu vas pouvoir penser à autre chose.

– Mais on va aller où ?

– Barcelone ? Sitges ? Il va y avoir toutes les maraicageuses.

– Mieux que ça, on part tous les trois à Mykonos.

– Mais qu'est-ce qu'on va faire, à Mykonos ?

– Les mykonasses !

Et une semaine plus tard, après avoir rempli nos valises de préservatifs et de maillots de bain hors de prix, on débarquait en Grèce, histoire d'élargir notre terrain de chasse à l'international.

Alors comment te décrire ? Mykonos est juste magique, tout est beau, les rues pavées remplies de fleurs, les dédales, le blanc immaculé, Little Venice, les moulins... tout est pittoresque et romantique.

Après avoir dévalisé une boutique de sandales, on a loué des scooters, roulé au beau milieu d'un no man's land de cailloux et de montagnes, pris des virages qui feraient peur à un pilote de formule 1, puis on s'est garés à Agrari pour rejoindre Elia, la plage gay, car à mon grand étonnement il n'y a qu'une vraie plage gay à Mykonos, et l'île est à 70 % hétéro (je ne compte pas la piscine du Jackie O). Et là, autant te dire que deux choses te sautent aux yeux, la couleur incroyable de l'eau et les mecs qui tournent dans les rochers. Eh oui, c'est comme si le jardin des Tuileries partait en vacances.

– J'arrive même pas à marcher dans les rochers, comment eux ils font pour baiser dans les rochers ?!

– C'est pas Jean-Claude Jitrois, là-bas ?

– Je sens que je vais me plaire, moi, ici.

Après ce passage dans ce monde hybride entre Koh-Lanta et un film porno, nous voilà enfin sur l'île de la Tentation : Elia Beach.

Je n'ai jamais vu autant de mecs bien foutus au mètre carré. Ah, je peux te dire que je regrette d'être allé au sport que pour draguer et pas pour faire du sport. Il n'y a plus qu'une chose à faire : assumer. La particularité de cette plage, c'est que c'est très *open mind*, si tu veux être en maillot, tu peux, si tu veux être à poil, tu peux aussi, du coup je crois qu'on a jamais autant vu de zizis de toute notre vie, tu ne peux pas tourner la tête sans en voir un, ce qui, ma foi, évite de perdre du temps, après tout, les vacances, c'est court.

Émilien, après avoir repéré un garçon, se jette à l'eau et le rejoint à la nage, moi, pendant ce temps, je passe au crible tous les mecs de la plage avec Karim.

– Pas un qui arrive à la cheville de Chris.

– Alors là, t'abuses, Chris est très joli, mais ouvre les yeux, il y a que des bombasses.

– C'est que des stéréotypes.

– Je suis pas d'accord, et puis on est en vacances aussi pour que t'essaies de penser à autre chose, si on parlait plutôt de l'anniversaire d'Émilien ?

– C'est quand ?

– C'est dans trois jours.

– Oh, mais oui, mon Dieu.

– Et, cette année, il est hors de question qu'on ne le fête pas.

Émilien a perdu ses parents dans un accident de voiture, depuis il refuse de fêter son anniv'. C'est arrivé quand il avait onze ans et il n'en parle quasiment jamais. Ce sont ses grands-parents qui l'ont élevé. J'ai connu Émilien au lycée et il m'a tout de suite plu parce qu'il était drôle, pertinent et, surtout, se foutait royalement des conventions. S'il avait envie de faire quelque chose, il le faisait, que ça plaise ou non. Émilien a toujours vécu la vie à 1 000 à l'heure. Ça a été un de mes premiers copains. On a eu une histoire pendant quatre mois. À l'époque, on était persuadés qu'on allait faire notre vie ensemble mais on s'est vite rendu compte qu'on était plus des amis que des amants, alors on a décidé de la passer ensemble mais différemment. Et ça remonte à… bientôt dix ans maintenant… la claque.

– Les amis, je suis amoureux.

– Je crois qu'on va l'entendre souvent, cette phrase, pendant ces vacances.

– Il est hétéro.

– T'es pas sérieux, on n'est pas venus au paradis des gays pour que tu t'entiches d'un hétéro.

L'hétéro, c'est le Graal pour chaque gay qui se respecte, le fantasme ultime, le challenge qui, s'il est réussi, redore ton blason pour une décennie, un hétéro, c'est plus sexy que le plus sexy des homos (bon, je tempère, ça dépend quand même de quel gars on parle). L'hétéro en question s'appelle Anthony, il est australien et, effectivement, il pourrait détourner une bonne sœur tellement il est bombesque ; quand on lui demande ce qu'il fout à Elia, il nous répond qu'il accompagne son frère, et c'est à ce moment précis qu'on a souri comme trois idiots en pensant que Dieu n'avait pas été égoïste sur ce coup-là. Puis le frère est arrivé et, comment te dire ? L'antithèse parfaite, 1 mètre 20 les bras levés, rempli de coups de soleil et *over queer*. La nature est cruelle, parfois.

Quand tu reviens de la plage, tous les gays un peu hype se retrouvent autour de la piscine de l'hôtel Elysium pour regarder le coucher de soleil. L'ambiance est assez smart, tout le monde est en short, ceinture, chemise, en gros t'as l'impression d'être à la Sunday Marcel, à part qu'il n'y a quasiment que des étrangers et qu'au lieu de les avoir croisés à la gym tu les as vus l'après-midi à la plage. Tout le monde minaude avec un verre à la main et tu te dis : « Y a pas de doute, on est complètement mykonasse. »

Après l'apéro à l'Elysium, c'est le trou noir, il ne se passe rien, Mykonos est mort, ça commence à bouger à partir d'une heure trente. Les premiers jours, on a cherché dans toute la ville, on se disait : « On rate un événement, c'est pas possible », eh bien, non, après l'apéro, qui se finit à vingt-deux heures, tout le monde va dîner, fait une sieste et ressort à deux heures. Si t'as réussi à rester éveillé jusqu'à deux heures, car autant te dire qu'avec la journée de plage et de cocktails si tu te couches tu ne te relèves pas, donc si tu as tenu le coup jusque-là, vient ta récompense. Tous les jolis garçons de la plage dansent sur les terrasses au bord de l'eau des deux bars qui sont côte à côte : le Jackie O et le Babylon. À partir de quatre heures, les gars que tu trouvais si chics en début d'aprèm' le sont finalement un peu moins quand ils entrent à quatre dans les toilettes publiques situées juste à côté des deux établissements ; eh oui, la nuit, même en Grèce, tous les chats sont gris. Mais notre plus grande surprise, après la drague dans les rochers, a été de découvrir la drague autour de l'église. Effectivement, à droite des deux bars se trouve une église face à la mer, et tout autour des garçons qui tournent, qui cherchent... et qui trouvent ! Alors là, autant te dire que je suis carrément admiratif de tous ces mecs qui escaladent bourrés des rochers dans le noir total au-dessus de l'eau, je n'imaginais pas tout ce qu'on était prêt à faire pour un peu de voyeurisme et plus si affinités. Apparemment, ça fait partie du folklore de l'île.

– C'est pas très catholique, tout ça.

– Venez, on y va.

– Bon, ben, évitez de tomber, y a des capotes partout.

– Tu me dégoûtes.

– Arrête, c'est pas ma faute.

– Juste en respirant, j'ai peur de choper un truc !

– Chope-toi un mec, déjà !

– On devrait installer une plaque funéraire pour toutes les chevilles qui se sont tordues ici.

– C'est pas Jean-Claude Jitrois, là-bas ?

On a tous les trois fait demi-tour quand on a aperçu le frère d'Anthony à quatre pattes, le pantalon baissé, en train de regarder la mer et d'attendre le Messie. Sur le chemin du retour, on s'est perdus, je me suis dit que ça aurait été tellement mignon si j'avais été ici avec un boyfriend, Karim, lui, n'a fait que penser à Chris et Émi ne savait plus où donner de la tête. La semaine est passée plutôt vite, bilan des opérations : Émilien n'a pas réussi à détourner Anthony mais a été très content qu'on lui organise une journée en bateau pour son anniv'. On est allés déjeuner au nord de l'île chez Kiki, un restaurant où il n'y a pas l'électricité, accessible par la mer, on s'est baignés dans la crique et le soir on est allés dîner chez Interni, un restau chic dans Chora. Cette journée a été l'occasion pour Émilien de se réconcilier avec son anniversaire et de rentrer avec le patron du restau.

Karim, lui, a été victime d'un sacré coup de théâtre : un soir, à l'apéro de l'Elysium, il est tombé nez à nez avec Christiano et, devant un sublime coucher de soleil comme dans un film, ils se sont réconciliés, c'était comme une évidence, au loin on entendait du jazz...

Bon, OK, la vérité, c'est que Christiano a surpris Karim dans les rochers près de l'église à moitié à poil en train de se faire voler son portefeuille par un mec qu'il avait dragué. Chris est venu à son secours, il a récupéré le portefeuille, Karim s'est rhabillé, il a pleuré, il avait honte, ensuite il a demandé à Chris ce qu'il faisait à Mykonos et surtout ce qu'il faisait dans les rochers. Chris s'est mis à vomir parce qu'il avait trop bu de ouzo (j'étais au bout de ma vie quand j'ai appris qu'à lui aussi ça pouvait lui arriver). Karim a pris soin de lui. Un mec s'est vraiment tordu une cheville et, seulement après, ils se sont remis ensemble...

La version officielle restera la première.

De mon côté, j'ai flirté avec un danseur qui vit à New York mais j'ai surtout compris, avec l'histoire de Karim, que c'est quand tu t'y attendais le moins que les choses arrivaient.

Enfin, il va quand même falloir que ça arrive vite car il me reste plus que trois mois, alors, Gianni Versace, si tu m'entends, là-haut, fais quelque chose !

#désespoir #help #please #love #fun #Teddy tu me manques

13

Escort boy

Le retour à Paris, comme chaque retour de vacances, a été dur, tu rentres, il fait moche, t'as l'impression que tous les gens que tu croises font la gueule et t'as envie de tout plaquer pour vendre des noix de coco sur une plage !

La galerie m'a appelé, ça a été un succès, il ne leur reste que trois tableaux. Je vais demander à mon petit frère de peindre des moulins, de l'eau et des rochers, je vais coller par-dessus des emballages de capotes et je vais appeler ça « Un été à Mykonos » ou « Un été à Gay Land », non, c'est trop, « Un été en Grèce » ? « Mamma Mia », non, « Mamma Mio » ? Au moment où je défais mes bagages en me fixant sur le titre de cette œuvre même pas conçue, je reçois un SMS : « Salut, Ellias, je sais pas si tu te souviens de moi, c'est Boris de GayRomeo, je viens de me reconnecter et de voir que tu m'avais laissé ton numéro, rappelle-moi, ça me ferait plaisir de te connaître. Biz »

Alors ça, c'est le meilleur retour de vacances que je pouvais espérer ! Je me précipite sur le Net pour checker ses photos, il est super mignon… ah… il a vingt ans. Si je lui avais laissé mon numéro à l'époque, c'est que ça devait être pour un plan, rien de plus. En général, je sors toujours avec des mecs plus vieux parce que j'ai besoin de rêver, de me sentir protégé, et parce que j'ai aucune envie d'être un *sugar daddy*. En même temps, c'est un peu bête parce que dans dix ou vingt ans la différence sera beaucoup moins marquée, et surtout il me reste que trois mois, alors autant avoir l'esprit ouvert ! Je l'appelle donc dans la foulée et il m'invite le soir même au théâtre, ce qui me surprend un peu car c'est plutôt original pour un premier rendez-vous. Je me suis dit : « Un mec de vingt ans, il va m'emmener voir un one-man-show ou un boulevard », eh bien, figure-toi qu'on est allés voir une pièce sublime sur la déportation et qu'il avait les larmes aux yeux pendant le spectacle. Je crois qu'en le voyant aussi beau et aussi ému j'aurais pu tomber amoureux de lui avant l'entracte. Au moment d'aller boire un verre, quand je lui demande s'il a déjà couché avec une fille, il me répond :

– Ouais, une fois, avec ma meilleure amie, j'étais bourré… depuis j'ai arrêté de boire.

J'explose de rire puis enchaîne :

– T'as l'air très intéressant mais t'es un peu jeune, c'est dommage car je suis sûr que tu seras un bon parti dans dix ans.

– Et toi, tu devais être un bon parti y a dix ans, quand t'avais pas encore l'esprit étroit.

Il marque des points. Quand on discute je ne sens aucune différence avec un mec de mon âge, physiquement il fait plus vieux, pourquoi je me prends la tête ? Une fois à la maison, je me suis dit « Ça va être naze, il va avoir un micro-pénis ou une connerie dans le genre », eh bien, non, je peux le dire solennellement, je me suis jamais autant éclaté au lit avec quelqu'un qu'avec lui, c'était hyper hot. Je l'ai regardé jouir, c'est très important de regarder les mecs jouir, c'est là où tu sais si ça peut durer ou non, y a des mecs dont le visage change radicalement quand on entame le dessert, eh bien, là, ni une tête de petit garçon qui fait une faute, ni une tête de catin en chaleur, il était encore plus beau. J'ai tout de suite pensé : « Bon, je le reverrai jamais, c'était que pour le fun » et là, en sortant de chez moi, à ma grande surprise, c'est lui qui a pris les devants :

– Je te préviens, si tu m'appelles pas, je le ferai.

J'ai eu envie de répondre : « OK, mais on pourra dire à mes potes que t'as vingt-trois ans ? », mais je me suis contenté de :

– On verra qui appelle l'autre en premier, alors.

Et ça a été lui ! Et s'en est suivi plusieurs rancards géniaux pendant lesquels il m'a fait découvrir plein d'endroits que je ne connaissais même pas. Pour une fois, dans une relation, je me laisse porter, d'habitude je suis toujours en train d'organiser les rendez-vous, de chercher des lieux sympas, eh bien, avec lui, que dalle, il prend les choses en main et le fait avec beaucoup de goût, il insiste même pour m'inviter ; si on m'avait dit que les mecs de vingt ans étaient comme ça, je n'aurais pas perdu mon temps avec des types de quarante ! Je ne voulais pas être son *sugar daddy*, et finalement c'est lui qui est mon *sugar baby* ! Après avoir raconté tout ça aux garçons, ils ont beaucoup insisté pour rencontrer celui qu'ils surnomment « monsieur Parfait », on a donc convenu d'un dîner au Dôme du Marais.

Bon, maintenant, le tout est de lui annoncer. Même si je fais passer ça pour tout sauf pour une première présentation, on sait bien que ça en est une.

– T'en fais pas, mes potes sont super cool, tu vas les adorer, je te dis ça parce que je sais que, d'habitude, quand on rencontre les amis on essaie de se montrer sous son meilleur jour, là t'auras rien à faire, en plus ils parlent tellement qu'ils feront la conversation et je leur ai dit que du bien de toi.

– On peut aller ailleurs que dans le Marais ?

– On y est jamais allés tous les deux, t'as honte ?

– Non, mais j'ai pas super envie.

– T'as des choses à cacher ou quoi ? T'as un autre mec ?

– Non, je me prostitue.

– Idiot va, dis pas des trucs pareils.

– Tu me crois pas ?

– Bien sûr que non.

Et là il est allé sur un site que je ne connaissais même pas, escupido.com, et j'ai découvert ses photos et ses tarifs (photos très sexy et tarifs exorbitants).

– Mais t'as vu des clients depuis le temps qu'on se connaît ?

– Mais non, on est tout le temps ensemble.

– Je te dois rien, j'espère ?

– T'es bête.

– Tu m'en veux pas si je reporte le dîner ?

– Non, je m'en doutais.

Je suis allé au Dôme, mais seul.

– Je sors avec une pute.

– Tout Paris sort avec une pute, chéri.

– Lui, c'est son job.

– Hyper excitant.

– Tu comprends mieux pourquoi il te payait tout ?

– Le pire, c'est qu'il a mis du temps à me le dire, mais il était pas plus gêné que ça, il m'a dit : « Je me prostitue » comme il aurait pu me dire : « Y a plus de dentifrice. »

– Moi je trouve ça génial.

– Émilien, je t'annoncerais que je sors avec le patron du Dépôt, tu trouverais ça génial.

– Pense que t'as un mec qui est hyper beau, avec qui tu passes des super moments, qui en a pas après ton argent et qui au lit est un professionnel.

– Un professionnel que tu paies pas, dis-toi qu'à chaque fois que tu couches avec c'est comme s'il te faisait un cadeau.

– Est-ce qu'il se protège, au moins ?

– Il m'a dit qu'il se protégeait pour tout et qu'il les embrassait pas, je vous jure, j'aurais encore préféré qu'il dirige le fan-club de Kylie.

– Tu sais, faut regarder les choses en face, on n'a plus seize ans, tous nos mecs ont eu un passé avant nous, on pourra jamais être leur premier. Tu sais, la plupart des types avec qui on sort sont déjà tombés amoureux et ont déjà écumé tous les sex-clubs de Paris, alors, qu'il soit escort ou autre chose, le résultat est le même, et en plus il y a beaucoup de jeunes qui font ça. Et puis, Ellias, tout le monde cherche l'homme idéal mais peut-être qu'il existe même pas et qu'il faut juste accepter de faire des petites concessions. Moi, en ce moment, je sors avec un handicapé.

– Depuis quand ?

– Une semaine, c'est un mec charmant bourré d'humour, il s'appelle Éric et il a eu un accident il y a quatre ans.

– Mais lui, il a pas choisi, le mien, oui.

– Ellias, je sors avec un handicapé, tu peux bien sortir avec une pute, relativise.

– Maintenant que vous abordez le sujet, ça me gêne un peu de vous le dire, mais Christiano…

– Alléluia, je savais qu'il pouvait pas être parfait.

– Il a… un ongle incarné.

Touchés par l'effort qu'avait fait Karim, on a joué les garçons dégoûtés. Plus tard, je suis retourné sur le site d'escorts et j'ai été halluciné par le nombre de visages familiers qui tarifaient leurs accointances. Connecte-toi et cherche un peu, je suis sûr que t'en connais plein aussi. Puis je me suis attardé sur la fiche de Boris et j'ai repensé à ce que m'avaient dit mes amis, et c'est vrai que ça a un truc excitant d'avoir un escort dans son lit, et après tout

Richard Gere avec Julia Roberts, au cinéma, ça lui a réussi, alors pourquoi pas moi ?!

Sauf que la vie, c'est pas un film, et à la fin de l'été, quand la Sunday Marcel, la Club Sandwich et les Crazyvores ont rouvert leurs portes, que la salle de sport a accueilli de nouveaux adhérents et que chacun a dit au revoir à son amour de vacances, j'ai finalement craqué. Boris prenait sa douche et un message de Peter Plan a surgi sur l'ordinateur, il réclamait le forfait « une heure gare du Nord » et tout à coup c'est devenu concret : j'ai réalisé que pour 500 balles n'importe qui pouvait se trouver dans un lit avec mon mec. J'ai voulu partir sur la pointe des pieds comme un lâche. J'avais pas envie de m'expliquer, je savais très bien qu'il allait me dire qu'on avait passé un mois génial, qu'il allait tout arrêter mais il est sorti de la salle de bains à ce moment-là, il a vu l'écran et m'a dit cette phrase que j'ai trouvé si absurde :

– C'est un ami.

– Il a vraiment besoin de toi, alors, ça sonne depuis tout à l'heure, il a peut-être un problème... je vais m'en aller, Boris.

Et là j'étais sûr qu'il allait pleurer, et renoncer à sa carrière de tapin comme Pretty Woman l'avait fait avant lui, eh bien, non, il s'est juste contenté de me dire :

– Comme tu veux, prends soin de toi, Ellias, j'ai été content de te connaître.

Je me suis donc fait larguer par un mec de vingt ans qui m'a sacrifié contre une passe gare du Nord, je peux te dire que mon ego en a pris un sacré coup. C'est donc au bout de la roulette que j'ai rejoint Karim et Émi à la terrasse du Rosa Bonheur, où chaque gay branché vient prendre un verre quand il y a un rayon de soleil. Ça se trouve dans le parc des Buttes-Chaumont et c'est un peu notre maison de campagne à nous ! Évidemment, quand j'arrive, tout le monde est bronzé et se raconte ses vacances ; comme je suis déprimé j'ai sorti l'artillerie lourde, je suis habillé en Lanvin de la tête aux pieds. Quand je vais mal je fais toujours ça, quand je me néglige c'est que je suis vraiment très heureux. Je cherche donc les garçons et quand je les vois, je m'inquiète car ils sont tous les deux assis à une table archi lookés, résultat tout le monde nous regarde, genre on s'est trompés de soirée.

– Je suis au bout du rouleau.

– Qu'est-ce qu'il se passe ?

– C'est la merde.

– Bon, on se tire.

Et, dans le parc, on s'est assis sur un banc et on s'est parlé comme des vrais amis.

– Ma pute m'a largué, je faisais pas le poids face à ses clients.

Puis au tour d'Émilien de déclarer au bord des larmes :

– Cette nuit on m'a dit que j'étais un mauvais coup.

– Qui a osé te dire ça ?

– C'est joli, ce que tu portes.

– J'ai trouvé ça au Monop'.

– Sérieux ?

– Hey, on parle de moi, là.

– Mais, attends, qui t'a dit ça ?

– Vous vous souvenez de M. Grimbert ?

– Notre prof de sport ?!!

– C'était mon fantasme.

– Je l'ai eu.

– J'étais sûr qu'il était gay.

– Oh, oh, mais, attends, t'es plus avec Éric, ça avait l'air de bien se passer...

– Bon, je l'adorais, mais dès qu'on sortait, avec ses jambes tout le monde le regardait, lui ; on allait à une soirée, tout le monde venait lui parler et moi j'existais plus, c'était lui la star du couple, son handicap, je pouvais le supporter mais pas qu'on le regarde plus que moi. En plus ça faisait quelque temps que je parlais avec M. Grimbert sur Tinder. Et hier on a enfin couché ensemble, vous savez combien de temps j'ai attendu ce moment, vous savez le nombre de fois où je me le suis imaginé ?

– Depuis dix ans, comme nous.

– C'est lui qui m'a rendu gay. Alors, quand on a été au lit, j'avais la pression, j'étais hyper stressé et ça m'est jamais arrivé, mais j'étais complètement fermé.

– C'est-à-dire ?

– Il avait beau faire toc-toc, la porte s'ouvrait pas.

– Ça arrive pas qu'aux filles, ce genre de trucs ?

– Faut croire que non, du coup on s'est couchés l'un à côté de l'autre, on a regardé le plafond et on s'est endormis. Et ce matin, je reçois un message : « T'as tout pour être un bon coup mais t'inquiète pas, ça viendra avec l'âge. »

– Quel connard, je suis déçu.

– Il venait de perdre sa grand-mère, je mets ça sur le compte de l'émotion…

– Bah, fallait le dire plus tôt.

– C'est vrai qu'elle est vraiment très belle, cette veste.

– Merci, moi, hier soir, Christiano débarque à la maison en costume trois-pièces, il m'emmène dîner dans un restau super chic, je me dis : « C'est bon, il va me demander qu'on vive ensemble ou qu'on se marie », et, en fait, non… il veut qu'on fasse un plan à trois.

– C'est une blague ?

– Je te jure, j'ai cru que j'allais faire un arrêt cardiaque. Je passe ma vie à signer des contrats d'exclusivité, visiblement j'ai oublié de signer le principal.

– C'est qui, le troisième ?

– Qu'on lui pète la gueule à coups de bouteille.

– Non, il a pas d'idées, c'est dans l'absolu, on va en boîte, on trouve quelqu'un, on le ramène. Tu te rends compte, ça fait même pas neuf mois qu'on est ensemble, au bout de cinq, six ans, on peut peut-être en parler, mais là, au bout de neuf mois, il veut déjà coucher avec un troisième. Excusez-moi, mais je crois que je vais pleurer.

– Oh non, poulet.

– Vous avez un mouchoir ?

– Euh… non, j'ai un chèque, si tu veux, on s'en fout, essuie-toi avec.

– Ah là là, Émilien, qu'est-ce qu'on ferait sans toi ?

– La gueule !! Allez, on s'en va !

Émilien, bien décidé à prendre sa revanche avec M. Grimbert, nous a quittés pour lui faire une surprise en frappant chez lui à l'improviste. On lui a dit que c'était une mauvaise idée mais sa peur que notre prof de sport lui fasse une réputation sur les réseaux l'a emporté sur tout le reste. On s'est donc retrouvés tous les deux et on a eu la discussion qu'on redoutait d'avoir mais qui était indispensable :

– Qu'est-ce que tu comptes faire si je me sépare de Christiano ?

– Mais rien, que veux-tu que je fasse ? T'es dingue ou quoi ?

– C'est peut-être avec toi qu'il aurait dû être, en fin de compte.

– Dis pas de bêtises. Essaie de lui parler. Et t'en fais pas, Chris, c'est toi qu'il aime et moi j'ai définitivement tiré une croix sur lui.

– Tu sais, j'ai compris ma douleur la première fois où on s'est séparés, j'ai pas envie de revivre ça. Franchement, si ça s'arrête, qu'est-ce que je vais devenir ?

– Mais ça va pas, non ? Avant d'être avec lui, tu t'en sortais très bien tout seul, y a pas de raison que ça change.

– Et dire que cet enfoiré d'Émilien, il est en train de se taper Mathias Grimbert.

Le lendemain on a fait une réunion débriefing post-nuit avec un vieux fantasme, on s'est donc retrouvés tous les trois chez Mariage Frères à boire du thé glacé à quinze heures comme des vieilles rombières.

– Et moi qui avais peur qu'il me fasse une réputation, je peux vous dire que les rôles se sont inversés.

– Pourquoi, c'était pas bien ?

– J'ai fait l'actif et je vous le déclare, les amis, à l'avenir on peut remplacer le *t* de son prénom par un *c*.

– Oh non, tu me dégoûtes.

– Comme quoi faut jamais coucher avec des légendes, on est toujours déçu.

– Moi, j'ai vu une pub pour une agence matrimoniale, j'ai envie d'essayer.

– Ellias, t'as pas besoin de ça.

– Je rencontre personne qui me plaît.

– T'es trop exigeant.

– Je vais pas sortir avec n'importe qui !

– Mais faut voir la vérité en face, les mecs parfaits, ça n'existe pas, et encore moins dans le Marais.

– T'as raison, on devrait changer d'arrondissement, on les connaît tous.

– Arrêtez de vous moquer de moi, tous les deux, je me dis juste que si quelqu'un fait la démarche de s'inscrire et de payer, c'est qu'il cherche vraiment un truc sérieux.

J'ai dit ça avec tellement de conviction que Karim et Émilien sont restés sans voix. La mienne au contraire me disait que l'amour se trouvait là-bas, je devais donc tenter cette expérience.

14

Révélation

Deux jours plus tard, après m'être mis sur mon trente et un comme si j'allais à un rancard, je me retrouve à remplir un mini-questionnaire dans la salle d'attente :

1/ DÉCRIVEZ-VOUS :
Romantique/Sexuel/Gay !

2/ QUEL PROFIL D'HOMME CHERCHEZ-VOUS ?
Je rêve d'un mec qui me fasse rêver. Il faut qu'il soit fidèle, cultivé, un peu artiste, bien foutu, belle gueule avec une préférence pour les Latins, non fumeur, qu'il vive à Paris intra-muros (avec une préférence pour les 10ᵉ, 3ᵉ, 2ᵉ et je peux étendre jusqu'aux 1ᵉʳ et 11ᵉ), qu'il soit romantique et viril.

En me relisant, je réalise que je place peut-être la barre haut mais je me dis que si c'était si facile à trouver je ne serais pas ici, et, comme je paie et que c'est leur boulot, autant y aller à fond.

Quand j'entre dans le bureau, je découvre un beau mec d'une quarantaine d'années, j'essaie de le draguer, histoire de faire des économies mais très vite je sens que d'autres ont dû avoir la même idée que moi car il reste de marbre, en mode « N'y pense même pas, coco, on m'a fait le coup cent fois ».

– Alors c'est 3 000 euros, mais on fait un prix pour les moins de trente ans.

– Ça devrait être gratuit pour les moins de trente ans, non ?!!

Ça ne le fait pas rire.

– C'est donc 1 500 euros pour vous... Sur présentation d'une pièce d'identité.

Là, il devient franchement désagréable, j'ai une tête à avoir trente ans ?

– OK, alors, comment ça se passe, il y a un classeur où je peux choisir des garçons qui me plaisent ?

– Non, pas du tout.

– Mais je croyais que...

– En fait, on sélectionne cinq personnes qui vous correspondent, on leur donne votre numéro de téléphone et on laisse la magie opérer.

– Vous leur donnez mon numéro de téléphone ? Mais je le donne même pas à un mec qui me plaît en boîte ! Si quelqu'un me plaît, je le poke sur Facebook.

– Oui, mais ici c'est la règle !

– Mais je comprends pas, vous êtes pas comme une sorte de booker, genre si on a un retard, on vous appelle et vous prévenez la personne ?

– Vous me demandez, en gros, si je ne suis pas secrétaire ? Eh bien, non.

– Mais on vous paie pour quoi, au juste ? Pour nous donner en pâture à des vieux moches désespérés qui vont nous harceler au téléphone, parce que j'imagine que, comme les *daddies* paient plus cher, on va servir de chair fraîche ? Effectivement, je vois très bien comment la magie va opérer. Je comprends mieux pourquoi vous ne vouliez me donner aucun détail au téléphone. Merci de m'avoir fait perdre mon temps.

– Non, mais ne partez pas, si vous voulez, on a un classeur avec des gens célèbres !

– Au revoir !!

Je ressors de là furieux car je me rends compte que c'est moi qui suis désespéré, je suis plutôt mignon, je suis jeune, je suis un artiste reconnu dans mon milieu, j'ai pas à payer pour rencontrer quelqu'un. J'arrive au sport furax et raconte mon aventure à Steven, qui me console comme il peut :

– Honey, les amours, c'est comme l'argent, ça va, ça vient, et plus tu cherches moins tu trouves. Et puis faut aussi savoir prendre le bon côté des choses, tout le monde a un défaut, regarde, ça va faire huit ans que je sors avec un mec qui correspond à mon idéal masculin, mais il a un défaut majeur que j'ai fini par accepter parce qu'on peut pas tout avoir.

– C'est quoi ?

– Il sent des pieds.

– T'es con, putain ! J'ai cru que t'allais m'annoncer un truc super grave et toi tu me fais une blague !

– Mais je déconne pas, Ellias, tu réalises pas ce que c'est au quotidien.

– C'est pas un défaut, ça, achète-lui des semelles et c'est réglé.

– Non, tu ne comprends pas ce que je te dis, il pourrait braquer une banque avec ses pieds, il enlève ses chaussures et tout le monde tombe dans les pommes, c'est pire que de l'éther. Il dort avec trois paires de chaussettes et moi avec un pince-nez, et le bonus c'est qu'il ronfle tellement fort que je suis obligé de mettre des boules Quies tous les soirs. Tu m'imagines dans le lit avec un pince-nez et des boules Quies ? Il manque plus qu'un bonnet et je suis prêt pour la piscine. Je peux te dire que tous les deux, la nuit, on vend pas du rêve. Tu répètes ça à quelqu'un, je te tue.

Finalement, quand on y regarde de plus près, la réalité n'est pas toujours aussi glamour qu'on pourrait le croire. Toi, est-ce que t'es prêt à faire des concessions pour avoir quelqu'un qui t'attend le soir et qui te prépare un chocolat chaud quand t'es malade ? Si t'es en couple, est-ce qu'il y a un défaut qui t'agace et que t'as fini par accepter avec l'habitude et la peur d'être tout seul ? Et si j'étais qu'un sale gosse pourri gâté ? Et si ma vie tournait en rond inlassablement ? Comment me sortir de cette putain de boucle ?

Ébranlé dans mes convictions, j'ai décidé de faire encore un effort en ce qui concerne mes exigences, c'est pourquoi quand Steven m'a dit qu'il y avait un garçon à la salle qui lui posait souvent des questions sur moi, j'ai accepté sans broncher qu'il joue les entremetteurs.

Il s'appelle Richard, il met des mocassins, il vient au sport avec un attaché-case et il est fumeur : trois très mauvais points. À entendre Steven, il est très gentil, vient d'une bonne famille et est très drôle quand on le connaît. Après une heure passée ensemble à faire du sport, j'apprends qu'il bosse en politique, qu'il s'est présenté l'année dernière à la mairie du 13e et qu'il déteste la nourriture italienne, bref ce mec est l'opposé de moi. C'est quelqu'un que j'aurais écarté sans aucun remords, mais, ayant envie de surmonter mes préjugés et mes vingt-six ans approchant à grands pas, j'ai accepté un dîner.

Richard a réservé au Grand Véfour, une espèce de brasserie chic dans laquelle je n'ai jamais mis les pieds. Je me dis que c'est aussi ça, flirter avec un garçon qui est différent, on découvre des nouveaux endroits, c'est pas si mal, après tout. Quand j'arrive, je me rends compte que ce n'est pas une brasserie mais un restaurant gastronomique et qu'il n'y a que des soixantenaires. L'idée de m'enfuir me traverse l'esprit mais aussitôt je vois Richard arriver. Au niveau vestimentaire, je dois dire qu'il s'est surpassé.

Il porte une chemise avec un pull noué sur les épaules, un pantalon en toile et une paire de chaussures bateau, le « tradi » dans toute sa splendeur. À côté de lui, je ressemble presque à un bad boy.

– Alors j'arrête pas de me demander comment on peut avoir envie d'être le maire du 13e arrondissement ?

– Et pourquoi pas ? Et puis qu'est-ce que t'as contre le 13e ?

– Je sais pas, la place d'Italie, je trouve ça super agressif.

– Et toi, tu t'intéresses à la politique ?

– Tu parles, j'ai même pas ma carte d'électeur.

Ayant lu la stupéfaction dans ses yeux, je rebondis très vite par un :

– Je plaisante, bien sûr.

J'ai le sentiment d'avoir frôlé l'incident diplomatique. De toi à moi, ça fait des années que je dois la faire mais je trouve jamais le temps… Ah merde, je me sens minable, il y a des gens qui se sont battus pour ça. Bon, j'irai lundi à la mairie.

– J'ai parlé de toi à ma mère, elle connaît ton travail et elle m'a dit que c'était très audacieux, mais elle n'a pas su vraiment m'expliquer ton style.

Il a parlé de moi à sa mère ? Il est sérieux ou c'est une blague ?!

– En fait je peins souvent des fonds idylliques et par-dessus je colle des trucs.

– Genre ?

– Bah, je sais pas, moi, tu vois par exemple la dame à la table d'à côté, elle m'inspire un tableau où je dessinerais une Barbie et par-dessus je collerais un dentier, une perruque, des couches...

– Euh... D'accord... Ça m'a pas l'air flatteur pour elle, en tout cas ! Et ça te prend beaucoup de temps ?

– Pas vraiment, en fait j'adore rien faire. Je pense que la vie est faite pour vivre des sentiments.

– Pourquoi pas !

C'est à cet instant précis que je me suis dit que peut-être lui aussi me voyait comme son contraire et qu'il essayait d'ouvrir ses horizons. Je dois t'avouer que cette pensée m'a perturbé... J'ai toujours eu des critères très précis pour les mecs mais peut-être que je ne suis pas fait pour les garçons que je cherche, enfin je veux dire peut-être que je n'entre pas dans leurs critères à eux ? Autant te dire que tout mon monde vient de s'écrouler. Après tout c'est vrai que, pour voir les choses en face, je ne suis pas over-musclé, j'aime la mode, je fréquente beaucoup le milieu, je n'ai pas de stabilité professionnelle, ça peut en rebuter plus d'un. En clair, je réalise que je vais peut-être pointer toute ma vie au Pôle emploi des célibataires, si je ne change pas mon fusil d'épaule.

Je décide de reconsidérer Richard et quelque chose m'intrigue : je me demande ce que sait faire au lit un garçon de bonne famille qui noue son pull autour de sa chemise ?! La seule chose qui est sûre, c'est que ce garçon, sans le savoir, m'ouvre les yeux sur plein de choses.

– T'as choisi quoi ?

– Je sais pas... Entre le homard bleu et les langoustines aux algues, mon cœur balance.

– Prends les langoustines sans la feuille d'algue, tu verras, c'est extra.

– OK, je te fais confiance.

Et il a eu raison, c'était excellent. Le dîner s'est plutôt bien passé, bien mieux que j'aurais pu l'imaginer en tout cas. Physiquement, il est assez mignon et j'avoue que son côté coinçouille est plutôt excitant. Arrivé au dessert, il n'a pas pu s'empêcher de revenir sur un point qui, j'en étais sûr, l'avait interpellé.

– Alors, comme ça, t'adores rien faire ?

– C'est pas vraiment ça, j'adore la liberté. Je me dis qu'on décide pas de notre mort, alors autant décider de ce qu'on fait de notre vie. J'y ai réfléchi mille fois et je pourrais vraiment pas être un civil.

– Un civil ?

– Oui, quelqu'un qui est pas artiste, qui a des horaires imposés.

– C'est drôle, c'est les militaires qui disent « civil ». Oui, enfin tu peux te permettre de penser ça parce que ton art te fait vivre, mais si c'était pas le cas tu serais bien obligé de gagner ta vie comme tout le monde. Moi, en tout cas, j'ai des horaires, alors si tu veux baiser, faut qu'on parte maintenant parce que demain je bosse à huit heures.

– Pardon ?!

J'arrive pas à croire qu'il ait osé me dire ça, ça servait à rien de dépenser 600 balles dans un restau ! En sortant de là, j'étais furieux et affamé, je me suis donc rué dans le premier McDo que j'ai trouvé et j'ai appelé Émilien pour lui raconter ma mésaventure, c'est comme ça que j'ai appris qu'une expérience similaire lui était arrivée avec le même type de mecs. On a émis l'idée que pas mal de mecs avaient à peu près le même profil psychologique et social et qu'on pouvait les ranger dans le même tiroir. Toi-même, tu ne t'es jamais dit, en sortant avec quelqu'un : « Tiens, il a un peu de tel ex en lui, il s'intéresse aux mêmes choses, il a reçu la même éducation, etc. » ? Compare la manière dont ces deux histoires se sont terminées, tu verras, c'est effrayant car c'est identique. Ce qui en soi est une grande nouvelle, bien qu'un peu fataliste car ça nous évite de perdre du temps : si on sent qu'un mec se conduit comme un autre et qu'on sait pertinemment que ce n'est pas l'homme de notre vie, autant limiter les dégâts. Bon, le souci c'est que si je suis ce raisonnement, on ne vit plus grand-chose, mais en même temps à quoi ça sert d'engager une histoire avec quelqu'un avec qui tu passes des bons moments mais dont tu sens que c'est pas l'homme de ta vie ? Ça sert à quoi de s'investir dans une relation quand tu sais que ça va durer un an ou deux au maximum ? Ça sert à quoi de se quitter dans deux ans quand ça fera plus mal parce qu'on se connaîtra mieux plutôt qu'au bout de deux mois, quand la rupture est encore supportable ? Je sais, ça sert à vivre et à passer des bons moments. Pour ma part, j'ai l'impression que ça sert, si on est très lucide, à passer le temps, à attendre sur le quai que le train arrive et à prendre une putain de correspondance. J'en reviens à ma théorie première : ne sortir qu'avec des mecs qui nous plaisent vraiment et qui nous font rêver. Ou alors prendre du bon temps avec quelqu'un mais en avoir conscience et ne pas trop s'attacher. Bref, en matière de sentiments : soyons ambitieux.

Quelques jours plus tard, j'ai recroisé Richard au sport, il s'est approché avec l'air d'un enfant qui avait fait pipi dans son pantalon :

– Je suis désolé pour l'autre soir, si tu m'as trouvé grossier, je ne voulais pas te choquer.

– T'as pas à être désolé, Richard, au contraire, tu peux même pas imaginer tout ce que j'ai appris en une soirée.

Il m'a regardé avec un air dubitatif, je me suis contenté de sourire et je suis reparti avec la conviction que je devais beaucoup à ce garçon. Le problème, c'est pas les autres, c'est moi. Avec les mecs, je me tiens jamais à ce que je me suis fixé, j'assume jamais mes choix jusqu'au bout, je me dis toujours : « Allez tente, on verra bien », même si je sais au fond que c'est cuit d'avance, et après je me plains de ne pas trouver la bonne personne alors que je suis incapable de miser sur le bon numéro dès le départ.

Je cherche quelque chose que je peux obtenir, j'en suis sûr, alors pourquoi je perds mon temps à faire des détours au lieu de me mettre sur la bonne route et d'attendre la bonne rencontre ?

C'est décidé, à partir de maintenant, c'est fini les correspondances, je veux monter dans l'Orient-Express.

15

Retrouvailles

Ce soir, c'est les vingt-cinq ans de Karim, son agence a organisé une grande soirée pour fêter l'événement, du coup, Émilien et moi, on a passé l'après-midi dans les boutiques à lui chercher un cadeau et à se trouver des fringues pour pas avoir l'air de deux nains mal habillés.

– Putain, dire que mes vingt-cinq ans, c'était il y a presque un an, et je suis toujours célib'...

– Putain, dire que j'ai largué mon tout nouveau mec à cause de ton voyant !

– Ah, ça y est, t'es allé voir mon voyant ? Non mais attends, t'as encore un nouveau mec ? Depuis quand ?

– Trois jours ! Je l'ai rencontré dans un sex-shop, on s'est tout de suite plu, on n'a rien acheté et on est repartis ensemble.

– Comme c'est romantique !

– Le problème, c'est qu'hier on était dans son lit et, dans le feu de l'action, j'ai fait tomber un livre, qui était posé sur la table de chevet et le livre s'appelait *Bourreau des autres, victime de soi-même*. Tu te rends compte, j'ai eu l'impression de coucher avec Hannibal Lecter ou l'Inconnu du lac !

– Qu'est-ce que t'as fait ?

– Que voulais-tu que je fasse, il était en moi ?!

– Il est peut-être prof de philo ?

– Je sais pas, je lui ai pas demandé. On a passé quarante-huit heures à s'envoyer en l'air, c'était dément. Mais j'arrêtais pas de repenser au livre puis à ta théorie, j'avais connu Marc dans une partouze, ça a foiré, lui, je l'ai connu au sex-shop, ça va foirer.

– Oublie mes théories à la con.

– Comme j'étais contrarié, ce matin, je suis allé voir ton médium, qui m'a dit que c'était même pas la peine d'envisager quoi que ce soit avec lui, donc, tout à l'heure, je l'ai texté pour lui dire que c'était fini, et maintenant je regrette. Tu crois que je peux lui envoyer : « C'était une blague, on se voit toujours ce soir ? »

– Ah oui, amène-le à l'anniversaire, que je voie à quoi il ressemble.

– C'est pas Roman, le mec qui se fait arrêter, là-bas ?

Effectivement à quelques mètres de nous, Roman était là avec une veste en fourrure et un T-shirt, égal à lui-même, en train de hurler sur un vigile :

– Mais vous croyez vraiment que j'ai une tête à voler une cuillère en bois ? C'est ridicule ! J'espère qu'au moins vous êtes en train de prendre votre pied ? Ah bah, voilà je l'ai retrouvé, le ticket, je devrais vous le faire avaler pour la peine !

La dernière fois que j'avais vu Roman, c'était il y a six mois à l'anniversaire du photographe et on ne s'était pas adressé la parole. Je me dis que l'eau est passée sous les ponts.

– Roman ?

– Ellias, ça va ? Tu... tu... tu vas bien ?

– Super. Tu te souviens d'Émilien ?

– Salut.

– Je voulais juste te dire bonjour, on va se sauver parce qu'on cherche un cadeau pour Karim, d'ailleurs, si tu veux venir, il y a une grande fête ce soir à l'agence pour son anniv'.

– Ah oui, j'ai été invité.

– Viens alors, ça me fera plaisir.

– On verra. Salut.

Je le regarde s'éloigner et confie à Émilien :

– Ça m'a fait bizarre de le revoir.

– Lui aussi, visiblement.

– Bon, c'est pas tout ça, on a des cadeaux à trouver !

Trois heures plus tard, on a finalement opté pour un agenda Montblanc pour qu'il puisse noter tous ses castings et une paire de chaussures Lanvin bleu électrique. Émilien s'est sauvé pour rejoindre son psychopathe et moi je me suis demandé ce que j'avais trouvé de si mal, à l'époque, à la manière dont Roman s'habillait.

À vingt heures, j'arrive à la fête, tout le podium automne-hiver est présent, Karim est plus beau que jamais.

– *Happy birthday*, mon poulet !!! C'est incroyable ce qu'il y a comme monde, t'es une vraie star.

– Arrête tes conneries, il est où, Émi ?

– Il doit venir avec son mec, alors j'imagine qu'ils s'envoient en l'air et qu'ils arriveront en retard !

– Ah oui, le mec au livre.

– Yes ! Et toi, où est Chris ?

– Il viendra pas.

– T'as rompu ?

– Non, et me juge pas.

– Je te juge pas, t'es dingue, c'est ton anniv'.

– On s'en fout de mon anniv'. Je l'aime, c'est plus fort que moi et je me dis que je retrouverai peut-être jamais quelqu'un comme lui. En tout cas, j'ai pas la force d'essayer. Alors j'ai trouvé une alternative : le couple libre.

– T'es jeune, non ? OK, je te juge pas.

– Je compte bien m'envoyer en l'air ce soir et tout lui raconter, on verra s'il fera le malin.

Émilien arrive avec un grand sourire :

– Bon anniversaire !!!!

– Merci !!! Alors il est où, ce tueur en série ?

– Dehors, au téléphone, et en fait j'en ai parlé à mon patron qui s'est foutu de ma gueule, j'avais mal lu le titre, c'est pas *Bourreau des autres, victime de soi-même* mais *Victime des autres, bourreau de soi-même*, c'est un classique de Corneau. Moi je bosse à la fiction, pas à la psycho, mais c'est trop mimi et ça change tout, non ?!

Quelques minutes plus tard, on a rencontré Édouard, qui, en effet, n'avait rien d'un psychopathe et qui nous a carrément fait bonne impression. Je suis sûr que ça va coller avec Émilien, j'ai un sixième sens pour les autres. Au cours de la soirée, j'ai guetté la porte pour voir si Roman arrivait, mais non, personne, en revanche j'ai fait une rencontre à laquelle je ne m'attendais pas du tout : Clément. Le garçon qui m'a fait la peur de ma vie, en m'annonçant qu'il était séropo.

– Ellias, qu'est-ce que tu fais là ?

– Bah toi, qu'est-ce que tu fais là ? C'est la fête de mon meilleur ami.

– Ah, OK, en fait, on est dans la même agence maintenant. Tu vas bien ? Je t'ai appelé plusieurs fois mais t'as jamais répondu. J'ai vu ton expo, félicitations.

– Merci. Je suis désolé de pas t'avoir rappelé mais, pour être franc, j'ai un peu mal vécu la situation. Je ne t'en veux pas du tout mais ça a quand même été angoissant pour moi, ça m'a obligé à faire le test, tout va bien, mais au début, je dois t'avouer que je t'en ai un peu voulu, sur le coup j'ai pensé : « Il aurait dû me prévenir avant de faire quoi que ce soit », mais bon, c'est fait, c'est fait et en un sens tu m'as ouvert les yeux sur pas mal de trucs. Bon, allez, j'arrête de parler de moi, comment tu vas ?

– Ça va, je prends un nouveau traitement, j'ai moins d'effets secondaires, je bosse pas mal en ce moment et je suis toujours célibataire. Je te le redis de vive voix, ça serait cool, un matin, de partager un macchiato caramel avec toi.

– Un macchiato caramel, carrément ? C'est du sérieux ! OK, promis, on le fera.

– Vraiment ?

– Vraiment. Bon, je vais retourner voir mes amis. Amuse-toi bien.

Je ne lui ai pas menti, je pense que s'il m'appelle, j'apprendrai à le connaître un peu plus. Je guette la porte, Roman n'est toujours pas là. Karim, lui, est complètement bourré.

– Ce soir, je me tape un mec.

– Karim, tu devrais arrêter de boire.

– C'est mon anniversaire !

– Bah oui, mais c'est un peu le boulot.

– Et alors, avec tout le fric que je leur ai rapporté cette année, je peux bien me prendre une cuite à leurs frais ! Hey, toi là-bas, tu veux pas qu'on aille faire un tour dehors ?

– Pardon ?

– Oui, je te vois me regarder depuis tout à l'heure. T'es mignon, alors blablablabla, bref on va dehors ? Pour mes vingt-cinq ans je couche qu'avec des mecs qui me méritent. Profites-en, j'en ai encore vingt-quatre, il te reste plus que deux heures.

– Karim Farouk ?

– On se connaît ?

– Je suis ton nouveau *booker*, on s'est eus cet après-midi au téléphone.

– Ah ouais !... Mais on peut quand même coucher ensemble ?

– Je crois pas, non.

Heureusement que personne n'a entendu et que, quand Karim s'est tourné vers moi, je lui ai tendu une vodka qu'il a bue cul sec, car je crois qu'il aurait pu tomber dans les pommes ! Une heure plus tard, Christiano a débarqué à la fête en lui expliquant que l'idée de l'imaginer faire des trucs avec un autre mec était insupportable, il s'est excusé de lui avoir proposé ce truc à trois et lui a juré fidélité. Je pense que c'est le plus beau cadeau que Karim pouvait recevoir pour son anniversaire. Finalement il a été très malin en acceptant cette énorme concession, il a mis Chris face à ses responsabilités et, au final, c'est lui qui a gagné, comme quoi tout n'est pas toujours cuit d'avance. De mon côté, je suis rentré seul mais plein d'espoir pour le futur et rassuré sur le fait que je ne me suis pas tant planté que ça sur Chris : même s'il est humain, il a ce côté prince charmant à toujours débarquer quand on ne l'attend pas et à sauver la situation.

Le lendemain soir, alors que j'étais chez moi, Roman m'a appelé :

– Qu'est-ce que tu regardes à la télé ?

– Un vieux film de Truffaut... Mais attends, comment tu sais ?

– Je suis en bas de chez toi, avec mon vélo... Ça te dit de te balader sur le canal ?

– Yep.

– Prends un pull, il caille, à tout de suite.

J'ai donc eu à peine cinq minutes pour passer de « Je regarde un film en pyj' et en sweat à capuche » à « Je suis chic mais je l'ai pas fait exprès ».

– T'es pas venu, hier ?

– Faut qu'on parle, tous les deux, non ?

– Tu m'en veux ?

– Un peu, j'ai eu le sentiment d'être pris au piège.

– J'ai pas réfléchi, je suis désolé.

– J'ai aussi été déçu de me dire que t'avais sacrifié notre relation juste pour une histoire de cul.

– Si tu me détestes, pourquoi t'es là ?

– Tu sais très bien que je te déteste pas.

– Si, tu me détestes... Tu m'as bloqué sur Instagram !

– Idiot ! Je suis là parce que tu me manques, je pense sincèrement que c'était pas très clair à l'époque dans ma tête, je savais pas où j'en étais puis j'ai rompu avec mon copain.

– T'as quitté ton mec ?

– Ouais, mais je te rassure, c'est pas à cause de toi, ça faisait quelque temps que je me posais des questions, puis, quand on a couché ensemble, c'était plutôt fort et dans la mesure où je ressentais plus ça avec Alex depuis au moins un an, j'ai décidé d'arrêter. Ça a été super dur, c'était un peu ma famille, mais aujourd'hui ça va.

– Je suis désolé.

– Le sois pas, je suis là parce que j'aimerais te proposer quelque chose... j'aimerais qu'on soit amis.

– Amis sans ambiguïté ?

– Amis sans ambiguïté.

– J'en serais ravi.

On s'est donc pris dans les bras et, naturellement, on s'est raconté nos six derniers mois et, à la fin de ce rendez-vous improvisé, j'ai eu le sentiment de ne plus être un salaud vis-à-vis de lui. Une page s'est enfin tournée.

16

J – 1

Voilà, j'ai vingt-six ans demain et je suis toujours célibataire, c'est ni bien ni mal, c'est comme ça, c'est tout. Quand je fais le bilan de cette année, je me rends compte que j'ai appris beaucoup mais la chose la plus importante que j'aie retenue c'est que, malgré les avis de mes proches, je continuerai à être exigeant avec les mecs. Bien sûr qu'il faut faire des concessions, mais je refuse de me brader. Et je suis sûr que le garçon que je cherche existe et qu'il est là quelque part… Patiente un peu, j'arrive…

Et en attendant y aura toujours Paris, que je déteste parfois mais qui fait partie de ma vie, et mes amis avec qui je veux écouter Larusso jusqu'à mes quatre-vingt-dix ans tout en trinquant et en bitchant sur les créateurs de mode qui n'ont pas pensé à faire des cannes monogrammées.

Voilà ce que je nous souhaite à tous, de traverser la vie en restant fous, bien entourés et juste assez patients pour ne pas passer à côté des grandes histoires parce que je suis sûr que quand elles arriveront, on se dira qu'on a bien fait d'attendre.

Porte-toi bien.

P.-S. : Si t'es le prince charmant et que tu lis tout ça, toi et moi on doit avoir une sérieuse explication parce que comme dirait quelqu'un que j'ai bien connu : « T'étais où, pendant tout ce temps, bordel ?! » #TEDDYFOREVER

Remerciements

Merci à Philippe Héraclès et à Laurent Savry pour leur confiance ainsi qu'à Loraine C. et Guillaume R. pour leurs encouragements. Merci également au talentueux Marc-Antoine Coulon pour la couverture.

Merci à toutes les personnes qui ont embelli ma route.

Merci à toi d'être enfin arrivé.

Rendez-vous sur le site de l'auteur :
www.jeremylorca.com

Table

Mis en pages par DV Arts Graphiques à La Rochelle
Imprimé en France en septembre 2015 par la Société TIRAGE - 91941 Courtabœuf
Dépôt légal : mars 2015
N° d'édition : 4274 – N° d'impression : 00000
ISBN 978-2-7491-4274-6